엉엉 우는 법을 잊은 나에게

엉엉 우는 법을 잊은 나에게

우울의 바다에서 숨 쉬고 싶었던
김지양의 구명조끼 에세이

김지양 지음

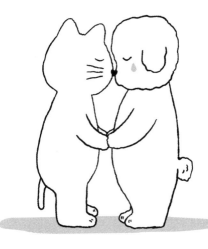

딸기
북스

엉엉 우는 법을 잊은
당신에게

어느 새벽이었다. 집에 가지 못하고 사무실 모니터 앞에 앉아 있다가 나도 모르게 눈물이 흘렀다. 뭐가 서러운지 억울한지 슬픈지는 확실치 않았으나 너무 힘들다는 감각만은 또렷했다. 한 번 터진 눈물은 때를 가리지 않았다. 살면서 처음으로 상담을 받아야겠다는 생각을 했다.

상담실에 도착해서도 나는 미뤄둔 울음을 우는 사람처럼 한참을 울었다. 선생님은 가만히 내가 눈물을 그치기를 기다렸다 입원을 권하셨다. 나는 그런 선생님에게 너무 바빠서 자리를 비울 수 없노라 했다. 나는 전문가가 공격적이고 적극적인 치료가 필요하다는 순간까지도 내가 얼마나 낭떠러지 끝에 내몰려 있는지 몰랐다.

소진되었다는 감각은 날이 무딘 칼 같았다. 베일 만큼 날카롭지는 않지만 충분한 힘이 가해지면 깊은 상처를 내는. 나는 결국 낭떠러지에 떨어지기 직전에서야 친구, 가족, 동료, 상담 선생님의 도움으로 적절한 치료를 받을 수 있었다.

우울이, 기분이 나를 잡아먹어 버리면 어느 순간부터는 감각이 무뎌지기 시작한다. 통각도 기쁨도 뺨으로 흐르는 눈물의 온도도 느껴지지 않는다. 그러다 보면 무모하고 무리한 선택을 하게 된다. 과로로 축적된 피로는 거꾸로 아드레날린을 솟구치게 했고, 크고 작은 성취들에 만족하지 못하고 나를 한계까지 밀어붙였다. 그러다 버티지 못하고 눈물이 터졌지만, 그조차도 무시해 버리고 앞으로 나가려다 나는 쓰러지고 말았다.

이것들이 몸에서 보내는 신호였다는 것을 미리 알았더라면 나는 쓰러지지 않을 수 있었을까. 넘어진 아이들처럼 그저 엉엉 울어버릴 수 있었다면 좋았을 텐데, 나는 온통 '어떻게 하면 빨리 자리에서 털고 일어날 수 있을까, 넘어진 나를 보고 사람들이 야유를 보내면 어떡하지' 하는 생각뿐이었다.

병원에 입원하는 과정은 지난하고 힘들었다. 부모님이 보호자로 입원 서류에 사인해 주지 않으면 입원할 수 없다고 했다. 시끄럽고 정신없는 응급실을 지나 마침내 입원실로 향하는 침대 위에서 나는 웃음을 감추기 어려웠다.

'드디어 입원할 수 있어! 이제는 정말 쉴 수 있어!'

안도감이 몰려왔다. 2인실이던 병실에는 아직 나 혼자였다. 고요를 뚫고 또다시 눈물이 났다. 적막 속에 흐르는 눈물에는 그간의 서러움이 담겨 있었다.

당신이 지쳐 쓰러졌다면
전력을 다해 달렸기 때문이다.
· 만약 당신이 지쳐 있다면,
그것은 최선을 다했다는 증거다.

우는 것조차 사치라고 생각했다는 방증이다.

자신에게 엄격했단 뜻이기도 하다.

그런 우리에게는 자격이 중요하다. 그리고 그 자격
은 나에게도 남에게도 쉽게 주어지지 않는다. 엉엉 울어
버리고 싶을 때마다 나에게 그럴 자격이 있나 따져봤을
것이다.

참아야만 했던 시간들이 차곡차곡 쌓여 더 이상 쌓
아 올릴 수 없도록 까마득해졌을 때, 그러다 우르르 넘어
졌을 때, 눈물이 터지고도 울음을 그쳐야 한다는 강박이
당신을 괴롭힐 때, 그럴 때 이 책이 당신의 등을 가만가만
쓰다듬어 주기를, 조용히 안아주기를 바란다.

그리고 내가 우는 법을 잊었을 때, 안 괜찮은데 괜찮
은 척 오기를 부리던 때에 엉엉 울어도 괜찮다고, 눈물이
나는 게 당연하다고 말해준 고마운 친구들과 홍수현 선
생님, 이 글의 시작과 끝까지 함께해 준 정예인 님과 남편
허민, 밤낮으로 원고를 쓰는 내 곁을 지켜준 나의 사랑하
는 호랑과 창문, 그리고 긴 시간 동안 나오지 않는 원고를

묵묵히 기다려주신 다산북스 임보윤 본부장님과 편집부
에 감사를 전한다.

모두 울고 싶을 때
울 수 있는 사람이 되길 바라며,
김지양

차 례

1
~~~~~~~~~~~~~~~~~~~~~~~~~~~~~~~~~~~~~~~

괜찮다는 나를 건져다가
엉엉 울었다

◊

사람이 참 간사하게도,
나 자신에게 가장 친절하고
괜찮은 사람이 돼줘야 한다는 것을
아주 쉽게 잊곤 한다.

괜찮거나
괜찮지 않거나

~~~~~
~~~~~
~~~~~

나는 어른스러운 애였다. 그리고 얼른 어른이 되고 싶었던 애였다. 일찍 철든 아이들이 으레 그렇듯 선생님들의 예쁨을 한 몸에 받았다. 하지만 명이 있으면 암이 있는 것처럼, 선생님들의 사랑을 독차지한 만큼 또래 친구들과의 거리는 멀어졌다. 소수의 친구들 몇 명하고만 어울렸다. 고등학교 I학년 때 반장을 한 번 한 것은 내 교우관계에서 기적이라고 할 만한 사건이었다. 그러다 대학에 갔고, 나는 인턴십에도, 면접에도 무패 신화를 써 내려가며 승승장구했다. 나는 두려울 것이 없었다. 뭐든지 원하면 이뤄진다고 생각했고 실제로 그랬다. 그리고 여기에는 사실 내가 얻어낼 수 있을 법한 일들에만 욕심을 냈다는 것도 한몫했다.

하지만 거기까지였다. 첫 번째로 취업한 곳은 창간을 준비하던 외식 관련 잡지사였다. 하지만 회사 편집부가 와해되며 입사 3개월을 넘기지 못하고 그만두게 되었다. 두 번째 회사는 작은 덮밥집이었다. 나는 주방 총괄로 들어갔는데, 사장님과의 의견 차이를 끝내 좁히지 못하고 그만뒀다. 세 번째로는 인도 레스토랑에서 홀 담당을 했다. 그런데 3개월쯤 일했을까, 이번에는 번아웃이 와서 내 쪽에서 그만둬 버렸다. 이쯤 되면 취직을 포기할 만도 한데 나는 굳건히 또 취직을 했다. 문제의 네 번째 일자리는 프랜차이즈 외식 업체의 마케팅팀이었는데, 3개월 수습을 마친 후 곧바로 권고사직을 당했다.

나는 크게 좌절했다. 도저히 이해할 수가 없었다. 늘 어른들에게 인정받는 사람이었던 내가 이제는 누구도 원하지 않는 존재가 된 것 같았다. 차라리 면접마다 떨어졌다면. 아니, 그건 그것대로 어땠을지 모르겠으나, 면접은 언제든 통과한다는 것이 더 시름을 깊게 만들었다. 마치 최종 검수에서 통과하지 못한 파인애플 통조림이 된 기분이 들었다. 겉보기에만 멀쩡한 빛 좋은 개살구가 된 것 같았다.

엄마는 내가 살이 찐 이후 늘 "멀쩡하게 낳아놨더니"라는 말을 입에 달고 살았다. 퇴사가 결정되면 그 말이 자꾸만 오버랩되었다.

"김지양 씨, 괜찮은 줄 알았더니 이것밖에 안 되는 사람이었어?"

듣지도 않은 말이 머릿속을 빙글빙글 돌아다녀 머리가 아프기까지 했다. 퇴사하고 다시 취직하기까지의 시간이 억겁처럼 길게 느껴졌고, 가만히 누워 있어도 눈물이 줄줄 흘러 베갯잇을 아침저녁으로 빨아야 할 지경이었다.

괜찮은 사람. 괜찮다는 것은 무엇이었을까.

무엇이든 빠르게 파악하고 추진력이 있는 사람, 비전이 명확하고 행동력 있는 사람, 멋지고 똑똑하고 꼼꼼하고 재빠르고 부유하며 건강하고 총명한데 겸손하기까지 한 사람. 그렇지 않으면 괜찮지 않은 것일까.

면접관들 눈에 비치는 나는 어떤 사람이었을까. 겉

보기로는, 한 시간이 채 되지 않는 면접 시간 동안 파악한 바로는 나쁘지 않은, '괜찮은' 사람이었을지 모르겠다. 그렇다면 나 자신에게는 어떤 사람이었을까.

괜찮은 사람으로 보이기 위해 나는 늘 스스로에게 괜찮다고 말하곤 했다. 괜찮지 않은 순간, 이를테면 속상하고 힘들거나 눈물이 나는 순간일지라도 나는 스스로에게 괜찮다고, 괜찮다고 세뇌하듯 이야기했다. 그리고 실제로 그렇게 되기 위해 치열하게 애쓰느라 다른 것에는 눈길조차 주지 않았다.

나는 괜찮기 위해 그 어느 때보다도 더 열렬히 연애를 했다. 당장이라도 허리가 접혀 땅바닥에 고꾸라질 것 같은 기분을 어쩌지 못하는 날들에는 혼자 있지 않아도 된다는 사실이 커다란 장점이자 고마움이었다. 그리고 행여 혼자일지라도 내가 오롯이 혼자가 아니라는 느낌은 나를 그래도 조금은 괜찮은 사람으로 느끼게 했다.

나는 괜찮은 애여야 했고, 괜찮아야 했으나, 사실은 조금이라도 괜찮지 않고 싶었다. 대외활동이니 스펙이니 하는 것들은 개나 줘버린 채 흥청망청 아무것도 하지 않고 엉망으로 늘어져 있고 싶었고, 취업이 얼마나 잘되는 학과인지 견줄 필요 없이 순수학문에 매진하고 싶었다.

세상에서 괜찮지 않다고 말하는 모든 것에 포함돼 고요히 잠겨 있고 싶었다.

그러다 마지막 회사에서 거창하게 잘리고서야 나는 괜찮아지기를 멈추고 내가 되기를 선택했다. 안 될 것 같다면 처음부터 도전하지 않는 사람이 아니라 안 되면 그때 가서 생각하는 사람이 되었다. 그리고 사람들의 시선이 두려워 인정받을 수 있는 자리에만 가려는 사람이 아니라 잘하지 못하더라도 하고 싶은 일을 하는 사람이 되었다. 어쩌면 괜찮지 않은 최악의 선택들을 했을지도 모르는데도 마음이 한결 가뿐해졌다.

대체 뭐였을까, 나라는 사람은.

그간 괜찮았던 나는 나 자신에게 가장 끔찍한 존재였을지도 모르겠다고 생각했다. 그렇지만 사람이 참 간사하게도, 나 자신에게 가장 친절하고 괜찮은 사람이 돼줘야 한다는 것을 아주 쉽게 잊곤 한다.

혹시라도 누군가가 괜찮은 사람이 돼야 한다는 강

박에 또 시달리고 있는 나를 발견한다면, 나를 불러 세워 뒤에서 꼭 안아주고는 그러지 않아도 괜찮다고 말해줬으면 좋겠다. 내가 다시 나를 '괜찮은 사람'이라는 갑옷으로 무장하지 못하게 말이다.

태산을
옮기는 방법

~~~

~~~

~~~

2.8kg.

　내 인생 최초의 몸무게는 **2.8kg**이었다. 인큐베이터에 들어가야 하는 저체중 기준을 간신히 넘긴 작은 아이였다. 엄마의 말에 따르면 입이 짧거나 잘 안 먹는 편은 아니었다는데, 어린 시절 사진을 보면 나는 마르고 왜소한 체형이었다.

　중학교에 다닐 때까지도 나는 내내 마른 체형이었다. 40kg대를 늘 유지했다. 일부러 살을 빼려고 노력하거나 특별히 운동을 한 것도 아니었다. 그냥 타고난 것이 그랬다. 고등학교에 입학할 때까지만 하더라도 전과 다름

없이 마른 체형이었다. 마침 내가 입학하던 해가 학교의 교복이 바뀌던 해여서 교복 가게에서 아예 교복을 맞춰 입었는데, 딱 맞는 새 교복을 입고 신나 하던 내가 아직도 기억난다. 그렇게 체형이 변하거나 갑자기 살이 찔 거라고는 생각도 하지 못한 채 신나 하던 내게, "너는 나중에 플러스사이즈 모델이 될 거고 87kg이 될 거야"라고 누군가 말했다면 무슨 미친 소리냐고 대답했겠지.

고등학교 2학년 때 나의 키는 165cm, 이미 다 큰 상태였고 몸무게는 53kg이었다. 지금도 생각난다. 학교에서 수학여행으로 갔던 일본에서 기모노를 입어본 나는 정말 인형같이 예뻤다. 하지만 그때는 몰랐다. 그때가 인생에서 가장 마른 몸을 갖고 있을 시절이었다는 걸.

고등학교 2학년 가을, 학교에서 공황 발작으로 쓰러져 우울증 진단을 받고 학교를 3개월 쉬었을 때 나는 아무것도 하지 않고 자다, 일어나 컴퓨터를 하고, 배고파지면 밥을 먹고 또 자고 일어나 발작하기를 반복했다. 그러다가 겨울방학이 되어 학교에 보충 수업을 받으러 가자 친구들은 살이 찐 내 모습에 깜짝 놀랐다. 그때 몸무게가 60kg 정도로, 갑자기 5kg 이상 쪄버린 모습으로 나타났으니 친구들이 놀라는 것도 이상한 일은 아니었다.

대학에 가서는 마음고생과 섭식장애 때문에 일시적으로 살이 빠졌던 적도 있었으나 잠시였다. 주로 음식을 만들고 맛봐야 하는 학과 특성상 살이 찔 수밖에 없었고 운동은 더더욱 하기 어려운 환경이었다. 그렇게 내 몸무게는 차곡차곡 늘어나, 대학을 졸업했을 때 나는 69kg이 되어 있었다.

이 이상 늘어날 곳도 없을 몸무게라고 생각했지만 그건 대단한 착각이었다. 나는 스물다섯 살에 70kg의 몸무게로 플러스사이즈 모델로 데뷔했다. 그렇게 데뷔하고 5년이 지날 때까지 나는 철저하게 식단 관리를 했다. 플러스사이즈 모델이 무슨 식단 관리를 하느냐고 말하는 사람도 있겠으나 여기에는 피치 못할 속사정이 있다.

모델들은 명함과 같은 콤퍼짓 카드(이하 '콤카드')라는 걸 만들어야 하는데, 여기에는 사진과 이름, 연락처, 머리 색, 눈동자 색뿐만 아니라 키와 몸무게를 기록하게 돼 있다. 이 말은, 머리 색, 머리 길이, 몸무게가 변하면 콤카드를 다시 만들어야 한다는 뜻이기도 하다. 소속사가 있는 모델들은 보통 소속사에서 주기적으로 콤카드를 새로 제작해 주지만 소속사가 없는 나 같은 사람은 포토그래퍼 섭외, 헤어, 메이크업, 콘셉트 시안까지 전부 내 손으로 직접 해서 콤카드를 만들어야 한다. 디자인과 인쇄까지도 말이다. 당연하게도 이 모든 일에는 돈이 많이 든다. 하지만 나는 돈이 없었으므로 악착같이 비슷한 머리길이와 스타일을 고수했고 몸무게가 늘지 않도록 활동량 대비 식사량을 엄격하게 지켰다.

하지만 일이 바빠지며 새벽까지 야근하고, 야식을 먹고, 제때 못 자는 생활이 길어지면서 점점 살이 찌기 시작했다. 몸무게가 80kg까지 늘어났을 때 나는 위기감을 느꼈다. 이 이상 살이 찌면 건강이 박살 날 것 같다는 공포감이었다(이미 이 시점에 건강은 박살 나 있는 상태였지만). 하루에 열두 시간씩 일하던 시절이었으니 운동할 여유 같은 게 있을 리 없었다. 그리고 마침 내게 다이어트로 유명한 한약사 친구가 생긴 참이었다.

약간의 자기기만 행위였지만 그때의 나는 물불을 가릴 처지가 아니었다. 석 달 정도 한약을 먹으며 식단 조절을 시작했다. 효과는 대단했다. 한약을 끊기 전 마지막으로 체중계에 올랐을 때 몸무게는 63.9kg까지 줄어 있었다. 하지만 다이어트 한약은 복용법도, 지켜야 할 사항들도 생각보다 까다로웠다. 식단은 말 그대로 식사량 자체를 줄이는 것이었다. 밥 세 숟가락과 방울토마토로 지켜낼 수 있는 식탐의 한계는 명확하고 뚜렷했다. 게다가 한약의 가격도 무시할 수 없었다. 물론 PT 한 달치 가격보다야 저렴했지만. 나는 더 이상 몸을 혹사시키면서 몸무게를 줄여나가서는 안 된다는 결론에 도달했다.

요요는 금방이었다. 74kg을 넘어서서 80kg이 되는 속도는 우스울 정도로 빨랐다. 조울증 약을 먹기 시작하면서 살은 더 급격히 찌기 시작했다. 뭔가를 많이 먹지도 않았는데 활력이 떨어지니 살이 찌는 것은 너무 당연한 일이었다. 내가 체중 증가에서 오는 스트레스를 호소하자 병원에서는 삭센다(GLP-1이라는 물질과 비슷하게 작용해 포만감을 느끼게 하고, 허기를 감소시키는 효과가 있어 식사량을 줄이는 데 도움을 주는 약제)를 맞자고 권하기까지 했다. 하지만 더는 요행을 바라며 다이어트를 하고 싶지 않았다. 어떤 부작용이 있을지도 알 수 없는 일이었다.

몸무게로 고통받는 플러스사이즈 모델이라니. 우습지만 플러스사이즈 모델도 모델의 고충에서는 벗어날 수 없었다. 악착같이 몸무게 관리를 해왔던 것은 가뜩이나 나를 직업인으로 인정하지 않는 사람들에게 스스로를 증명하기 위해서였다. 그러면서도 한편으로는 동양인에 작은 키를 가진 내게 해외에서의 모델 기회가 주어지지 않는 것이 '그들 기준에는 플러스사이즈가 아닌' 나의 체형 때문이지 않나 하는 고민도 있었다. 억지로라도 살을 찌워야 했나 생각했던 것도 사실이다.

이 글을 쓰는 지금은 아침 9시 30분경인데, 글을 쓰다 말고 몸무게를 재러 다녀왔다. 현재 나의 몸무게는 86.9kg이다. 사람 마음이 참 간사하기도 하지. 그 100g이 뭐라고 앞자리가 바뀌었다는 사실에 묘한 희열마저 느끼는 것이 슬프게 웃기다.

체형과 몸무게가 변하면서 입던 옷이 맞지 않고, 없던 통증이 생긴 것 등 불편한 점을 다 꼽자면 하루가 모자랄 지경이지만 그중에서도 가장 불편한 것은 현재의 몸 상태와 내가 원하는 내 몸 상태가 다르다는 데서 오는 괴리감이다.

2.8kg이었던 나도, 87kg이었던 나도 똑같은 나인데

그저 질량이 늘어났다고 해서 불행과 행복이 갈린다는 게, 그나마도 절대적 기준이 아니라 상대적 기준으로 따진 것이라는 게 얼마나 웃긴 일이냔 말이다.

강의를 가면 이런 질문을 종종 받는다.

"어떻게 하면 뚱뚱한 나를 있는 그대로 사랑하고 자존감을 지킬 수 있나요?"

내 대답은, 일단 스스로에게 괜찮다고 말해주는 것에서부터 시작하라는 것이다. 태산을 옮기는 일은 불가능하지만 수저로 매일 흙을 한 숟가락씩 퍼 나르는 정도는 누구나 할 수 있으니까. 하지만 수저를 들 용기, 흙을 퍼 나를 기운과 의지는 나를 부정하면 절대 나올 수 없는 에너지다.

괜찮지 않은 내가 괜찮음을 받아들이기. 당신과 나의 다이어트는 거기서부터 시작되는 것 아닐까.

빙하
다이빙

아니라고 생각했던 것이 사실은 맞았다는 것을 알았을
때. 그 순간의 당혹감과 어쩔 줄 모름은 겪어보지 않은 사
람은 공감할 수 없다. 그간의 일들이 주마등처럼 지나가
며 퍼즐처럼 맞춰지고 새로운 정보와 나의 지난 경험이
만나 내게 생각지도 못했던 이름을 부여할 때, 당신이라
면 그 이름을 부정해 버릴지, 아니면 그런 나를 인정하고
앞으로 나아갈지 단번에 결정할 수 있을까?

　　내 선택의 순간은 어느 날 강연을 하던 도중에 찾아
왔다. '섭식장애'를 주제로 활동하는 이화여대 인액터스
팀인 '나는니편'에서 외모 강박과 외모 다양성에 대한 강

의를 요청받아 나의 자기긍정 일대기에 대해 이야기하던 중이었다. 그간 섭식장애는 내게 과장된 정보만을 제시했다. 극단적으로 식단을 조절하고, 그걸로도 모자라 먹은 음식을 게워내고 장을 비워 앙상하게 말라가는 것만이 섭식장애라고 나는 생각했다. 그런데 이야기를 하면 할수록 묘한 기시감이 들며 자꾸만 대학 시절의 내가 떠올랐다.

　　대학 입학과 동시에 대전에서 자취를 시작했던 나는 가난했다. 동기들도 썩 상황은 다르지 않았다. 우리는 학교 앞 분식집에서 단돈 2000원으로 식사를 해결하거나 실습하며 만든 음식으로 점심을 때우곤 했다. 치킨스톡이나 비프스톡을 끓일 때면 끓이고 남은 닭뼈와 소뼈에 붙은 살을 몰래 긁어다가 요리를 해 먹었다.
　　한참 친구들과 어울리고 싶을 나이였지만 나의 사회성과 친화력은 나이에 비례해 자라나지 않았고 미묘하게 어긋나는 타이밍과 관심사들 사이에서 나는 겉돌았다. 하지만 치킨만은 어쩔 수 없었다. 치킨은 혼자 먹을 수 있는 가격의 음식이 아니었다. 학교 앞 두 마리 치킨집은 한 마리면 만 원이지만 두 마리면 I만 4000원이었다. 아이들은 삼삼오오 모여 한 달에 한 번은, 혹은 일주일에 한 번쯤은 치킨을 시켜 먹곤 했다. 동기들 사이에서 부유하던 나는 그 자리에 초대받지 못하는 일이 잦았다.

'나도 치킨 좋아하는데……' 입 밖으로 나오지 못한 말은 그렇게 허기가 되어 위장에 남았다. 어느 순간 오기가 생긴 나는 혼자서도 씩씩해지자는 마음에 치킨이 먹고 싶을 때면(우울이 나를 집어삼킬 때면) 같이 먹을 이가 주변에 있든 없든 괘념치 않고 치킨을 시켜 먹기 시작했다. 초반에는 주변에 "치킨 시킬 건데 같이 먹을래?" 하고 묻기도 했지만 "우리 이미 먹고 있어", "나 어제 애들이랑 먹었어"라는 대답을 듣고 소외감만 커져갔기에 어느 순간 묻기를 멈췄다.

그렇게 한 마리로 시작된 치킨은 어느새 두 마리가 되었다. 처음에는 한 마리도 채 다 먹지 못해서 남기기 일쑤였다. 그러다 남은 살을 발라 볶음밥을 해 먹어봤는데 꽤 그럴 듯한 맛이 났다. 그래서 그다음부터는 남으면 볶음밥 하면 되니까, 라는 생각에 서슴없이 두 마리를 시키기 시작했다. 어느샌가 치킨집에 전화를 걸면 "매번 드시는 대로 보내드리면 되죠?"라는, 단골들만 들을 수 있다는 멘트를 듣기 시작했다. 조금 창피했지만 왠지 메달이라도 딴 것마냥 의기양양했던 것도 사실이다.

하지만 나는 치킨을 시키는 횟수가 잦아진 만큼 우울이 나를 더 자주 덥썩덥썩 갉아먹고 있다는 것을 알아차리지 못했다. 치킨을 시키는 횟수뿐만이 아니라 시간도 문제였다. 밤이 되면 마음에 허기가 물밀듯이 몰려왔고 나는 그것을 위장의 허기라고 믿으며 치킨집에 전화를 걸었다. 한 마리도 다 먹지 못하던 나는 어느새 거진 두 마리를 혼자 해치울 수 있게 됐지만, 저녁까지 먹은 후의 내 위장은 오밤중에 주입된 자극적이고 기름진 치킨을 소화시켜 내지 못했다.

구역감이 올라왔다. 처음에는 많이 먹어서 체한 것이겠거니 했다. 일부러 토해낼 생각은 없었지만 답답함을 견디지 못한 나는 입 안으로 손가락을 집어넣었다. 그저 체했으니 토해내면 조금 속이 편안해지겠지 싶었을 뿐, 살을 빼서 예뻐지겠다는 생각은 애초에 존재하지도 않았다. 영화「센과 치히로의 행방불명」에서 온갖 오물을 토해내는 오물신처럼, 토해내고 나면 그래도 조금은 스스로가 정화된 기분이 들었다. 하지만 그것도 잠시뿐이었다. 그렇게 몇 번의 토악질이 반복된 후, 어느 순간나는 한밤중의 치킨 주문을 멈췄다.

먹고 싶다는 마음이 들 때도, 다이얼을 눌러 치킨을 시킬 때도, 치킨을 먹고 있을 때도, 과식 후에 가슴이 답답한 느낌이 들 때도, 그리고 먹은 것을 토해낼 때도. 어느 한순간조차 기쁘고 즐겁지 않았다. 그 순간순간을 그저 우울을 인식하지 못한 채 지나가게 하기 위한 조치 정도로만 허비하는 걸 이제는 멈추고 싶었다.

그때가 떠오르자 강연이 중반부를 지나갈수록 당혹감이 점점 더 커졌다. 섭식장애의 정의가 또렷이 머리에 인식되는 탓에 식은땀이 날 지경이었다. 준비했던 강의 내용은 이미 머릿속에서 한참 헝클어져 있었다. 선택을 해야만 하는 순간이었다. 뻔한 이야기만 늘어놓고 이야기를 끝낼지, 진실의 문을 열고 나의 과거를 오롯이받아들일지.

지금은 그로부터 시간이 오래 지나서, 그 순간 "저역시 섭식장애를 겪었습니다" 하고 고백했는지 아닌지 기억이 나지 않는다. 하지만 그날 이후 나는 스스로를 섭식장애 당사자로 정체화했다.

　나를 온전하게 받아들이는 건 마치 잘못을 고백하는 어린애가 된 기분이었다. 내가 말하지 않으면 아무도 모를 텐데, 하지만 마음이 너무 무거워 견디기 힘들고, 누군가는 내가 그럴 수밖에 없었던 것을 알아줬으면, 조금은 공감해 줬으면, 공식적으로 용서받았다고 증명됐으면, 하는 마음과 비슷한 느낌이었다. 정체화라는 행위에 순기능이 있다면, 꺽꺽 울고 나서 찬물로 세수한 다음 이불을 덮고 잠을 청하는 순간 느껴지는 안도감, 그 비슷한 것을 준다는 정도일 테다.

　그리고 그 이후로 많은 섭식장애 환자를 만나며 크게 좌절했고 조금은 안도했다. 기사뿐만 아니라 많은 연구 자료를 참고한 바에 따르면 섭식장애를 겪는 환자의 나이대가 우려할 정도로 낮아졌고 사망률과 환자 수 역시 기하급수적으로 늘고 있는 추세라는 것, 프로아나^{Pro-ana}(깡마른 몸매에 지나치게 집착해, 거식증에 걸리기를 희망하며 심지어 치료를 거부하는 형태로 발전한 사람들)가 젊은 여성들 사이에서 급격히 번져나가고 있다는 것이 나를 좌절케 한 이유였다. 그럼에도 전문 상담기관이 조금씩 늘어나고 있으며 병증을 이겨내려 하는 사람들이 노력을 멈추지 않고 있다는 것은 나를 안도케 했다.

그 와중에 나도 섭식장애 자조모임을 주최하고 그 주제로 독립영화를 준비했으나 여러 가지 사정과 이유로 최종 완성은 하지 못했다. 아쉽지만 언젠가는 꼭 완성시켜 스크린에 거는 것이 내 목표다. 그리고 가능하다면 정치인이 돼 제도적으로 여성 건강을 심각하게 위협하는 섭식장애와 다이어트 중독을 조장하는 외모지상주의 사회를 변화시키고 싶다.

섭식장애가 지금보다 더 가시화되어야 한다고 생각하는 이유는, 우리는 함께일 때 더욱 단단해지고 강해지기 때문이다. 점조직처럼 흩어져 있는 개인들이 모여서 서로의 애환을 공유하고 혼자가 아님을 확인하는 순간이 필요하다.

세상을 바꾸는 일은 혼자 할 수 없지만 함께라면 혹시 모른다. 혼자라면 불가능할 일을 함께라면 해낼 수 있을지도 모르기에, 그 깊이를 알아보기 위해서라도 우리는 더욱 크게 숨을 들이쉬고 문제 속으로 몸을 던져야 하는 것 아닐까. 빙하에 다이빙하듯.

실패를
기록하는 일

내가 언제 가장 자기효능감이 높았는지 생각해 보면, 「바디 액츄얼리」를 하루 두 편씩 녹화하고 밤에는 사무실에 와서 쇼핑몰 CS를 처리한 후 택배를 싸고는, 아침나절이 되어서야 어기적어기적 근처의 관광호텔 다인실에 들어가 눈을 붙이던 시절이었다. 한 달에 한 번은 인터뷰 요청이 있었고 두 달에 한 번은 강연 제의가 들어왔다. 고통스러울 만큼 피곤했지만, 통장에 차곡차곡 잔고가 쌓여나가는 것은 마카롱만큼 달콤했다.

하지만 '영광의 시절'이 늘 그렇듯, 시간이 지나면 관심에서 조금씩 멀어지게 마련이다. 「바디 액츄얼리」는 시즌2를 제작하지 않고 종영했고 강연과 인터뷰 요청은 점점 줄어들었다.

엎친 데 덮친 격이라고 쇼핑몰 매출도 하향선을 그리고 있었다. 그리고 마침 주변에 사업을 하는 친구들이 점점 늘어났다. 다들 SNS에서 이름깨나 날리는, 유명 사업체를 운영하는 여자 사장들이었다.

머리로야 우리는 각자의 길을 갈 뿐이라고 생각하지만 한편으로는 어떤 기준선에서 조금씩 뒤처지고 있다는, 정확히는 가라앉고 있다는 기분이 들었다. 모름지기 본업이든 부업이든 먹고사는 데 지장이 없을 만큼의 돈이 벌려야 자아 존중감이 훼손되지 않는 법인데, 나의 수입은 한 달을 겨우겨우 영위할 수준이었다. 잘나가는 친구들과 비교하면 한없이 초라해 보였다.

먹고사는 것은 내게 늘 중요한 문제였다. 처음 모델 일을 시작했을 당시 모델 활동으로 얻는 수입은 거의 제로에 수렴했다. 별수 없이 회사에 들어갔다. 월급을 받기 시작하면서 비로소 안도감을 느꼈고, 조금씩이나마 활동을 멈추지 않고 이어나갈 수 있었다.

그러다 회사를 그만두고 잡지를 만들기 시작했을

때, 나는 살던 집의 월세 보증금을 빼서 엄마네 집 옥탑방으로 들어갔다. 가진 돈은 딱 잡지 한 권을 만들 수 있을 만큼이었다. 연속성이 있어야 '잡지'라고 할 수 있다는 것쯤은 알고 있었지만 다음 호는 어떻게든 되겠지, 하는 생각이었다.

하지만 첫 호부터 자금난에 시달렸다. 나는 고민 끝에 펀딩을 받기로 했다. 목표액은 1000만 원, 텀블벅의 매거진/출판 분야에서 그 당시만 해도 가장 고액에 달하는 금액이었다. 정말 어렵게 달성할 수 있었다. 두 번째부터는 지원 사업을 통해 책을 만들었다. 서울시 아이디어공모전에 당선돼 지원금을 받기도 했고, 서울시 사회적 기업 육성사업에 선정돼 그 사업 자금으로 책을 만들기도 했다. 하지만 책을 만드는 것만으로는 지속 가능성을 인정받기 어려웠다. 그래서 옷을 만들기 시작했다. 원피스, 블라우스, 스커트 이렇게 세 가지였다. 아주 대박은 아니었어도 충분히 수요가 있는 품목이었기에 소소하게 계속 팔려나갔고, '매출'이라는 걸 내주는 주요 수입원이 돼줬다. 하지만 잡지를 계속 만들기는 역부족이었다.

결국 나와 팀원들은 어려운 결정을 내려야 했다. 잡

지는 일단 휴간하고, 쇼핑몰을 열어 자금을 마련한 후 다시 잡지를 만들기로 말이다. 처음 얼마간은 고통의 시간이었다. 진 것 같았고, 실패한 것 같았다. 하지만 먹고사는 일을 제쳐둘 수는 없었다.

사입을 하고, 촬영을 하고, 상품 설명을 작성하고, 홈페이지에 올리기까지 일련의 과정들에는 뭐 하나 쉬운 것이 없었다. 돈이 얼마 없어 사입할 수 있는 물건에도 한계가 있었다. 딱 50만 원을 들고 동대문에 가서 그 돈이 다 떨어질 만큼만 사입을 했다. 그런 다음 물건이 팔려서 돈이 입금되면 그 돈을 또 모아 다시 사입을 하는, 그런 방식이었다.

첫 달의 매출은 아주 귀여웠다. 10만 얼마가 통장으로 입금됐다. 다음 달에는 20만 얼마가 되더니, 그다음 달에는 50만 원 정도의 매출이 생겼다. 그렇게 6개월이 될 때까지 매출이 두 배씩 올라 지금의 66100이 되었다. 중간에 홈페이지를 리뉴얼할 때마다 손님들이 이탈해서 매출이 반토막 나곤 했지만, 그래도 좌절하지 않고 묵묵히 사업을 이어나갔다.

정말 힘들었던 것은 코로나19가 시작되고 나서부터

였다. 사람들이 밖에 나가지를 않으니 옷을 사 입을 리 만무했다. 매출 예측이 불가능한 상태였다. 하지만 그렇다고 사업을 접을 수는 없었다. 위기는 기회랬다고, 텀블벅 펀딩으로 정장 셋업 제작에 나섰다. 몇 번이나 샘플을 수정하며 핏을 자연스럽게 만들고 디테일을 잡았다. 목표액은 2800만 원이었다. 사실 6000만 원 정도는 모이지 않을까 내심 생각했으니 기대에는 못 미치는 금액이었다. 다행히 입어본 사람들은 다 알아줬다. 얼마나 정성을 들여 만든 옷인지, 얼마나 입는 사람을 고려해 만든 옷인지 말이다. 그것만으로 마음이 뿌듯하고 충분히 만족감을 느끼면 참 좋을 텐데, 그렇지가 않았다. 뭔가 부족하고 공허했다.

나는 너무 일에만 매몰돼 그런가 싶어 수영을 시작했다. 일주일에 두 번, 50분씩 강습을 받고 나면 머리뿐만 아니라 온몸에서 김이 펄펄 났다. 고작 몇 번 갔을 뿐인데 확 질리는 기분이었다. 애써 고른 수영복은 작았고, 간만의 수영이라 귀며 코며 물이 한 바가지씩 들어갔다. 수영이 끝나고 나면 개운하고 상쾌할 줄 알았는데 몸은 무겁고 축축 처지기만 했다. 겨우겨우 이를 악물고 수영장에

갔다. 저녁에 수영을 못 갈 것 같으면 낮에 자유수영이라도 하고 오는 정성을 들였다. 그런데도 도저히 수영이 싫은 기분을 어쩌지 못했다. 결국 나는 채 한 달을 채우지 못하고 수영을 그만뒀다.

출근하지 않는 날에는 친구들을 만날 스케줄을 꽉꽉 채웠다. 하루도 밖에 나가지 않는 날이 없었다. 헛헛한 마음을 채울 수 있을 만한 일이라면 어지간해서는 빼놓지 않고 다 시도해 봤다. 하지만 소용없는 일이었다.

우습지 않은가. 이렇게 일을 손에서 놓지 않고 오만 가지 일들을 하는데도 나는 여전히 내가 남들보다 뒤처지는 것 같고 아무것도 하지 않는 것만 같다. 돈도, 인기도, 관심도, 무엇 하나 남들보다 뒤처지지 않았으면 하는 마음은 너무 욕심인 걸까? 내가 만족을 모르는 사람이 돼버린 걸까? 나는 대체 정말 뭘 원하는 걸까?

나는 이 무거운 무기력감을 어찌할지 모르겠다고 정신과 선생님에게 토로했다. 그러자 선생님은 "지양 씨는 뭐든지 해야 돼, 해야 돼, 라고 이야기하고 있네요. 무기력을 극복해야 돼, 뒤처지면 안 돼, 돈을 벌어야 돼, 그것도 많이 벌어야 돼, 사람들에게 인정받아야 돼, 라고요. 그냥 가만히 아무것도 하지 않는 나 자신을 받아들이는 연습이 필요해 보여요. '불멍'이든 '물멍'이든 멍 때리는 시간을 가져보세요"라고 말했다. 나는 속으로 욱해서는, '그게 됐으면 제가 병원을 왜 다니겠어요'라고 생각했다.

나도 모르는 바는 아니었다. 내가 지나치게 노력하고 있다는 것을. 가라앉지 않기 위해 최선을 다해 헤엄치고 있다는 것을 말이다. 1등일 필요는 없다고 생각하면서도 뒤처지는 느낌을 견디기 어려워하는 사람이라는 것 또한 잘 알고 있다.

오랫동안 잊고 있었던 나의 좌우명을 다시 한번 상기해 봤다. '실패를 기록하는 일은 실패가 아니다.' 윤후명의 『모든 별들은 음악소리를 낸다』라는 소설에서 나온 구절인데, 문학을 하는 주인공을 이해하지 못하는 아버지가 실패를 기록하는 일-문학-은 실패가 아님을 인정하지 않았다고 이야기하는 대목이다.

나는 기록을 재는 거의 모든 스포츠를 싫어하는데, 내가 그만큼 빠르지 못하기 때문이기도 하지만 과정을 인정하고 기록하지 않기 때문이라는 이유가 크다. 매출, 돈, 성공이라는 기준에서 나는 한참 떨어져 있을지 모르지만 인생이라는 스포츠에서 여전히 움직이고 있음을, 멈추지 않고 나아가고 있음을 잊지 않으려 한다. 모든 별들이 음악소리를 내듯, 실패를 기록하는 일은 실패가 아닌 것처럼 말이다.

콤플렉스

콤플렉스

요새 나는 스트레스가 많다. 2년 넘게 써왔던 마스크 덕에 턱은 물론이거니와 얼굴에 퍼지는 좁쌀 여드름들, 정신과 약을 복용하면서 올라간 간 수치를 내리기 위해 약을 조정하고 간장약을 복용해야 하는 것, 뭐가 불만인지 이틀에 한 번씩 이불이며 베개에 사료를 토해놓는 고양이들, 그리고 몸무게가 늘어나며 생긴 이중 턱이 나를 고통스럽게 한다.

보디 포지티브의 산증인인 김지양에게도 콤플렉스가? 라고 물으신다면, 네, 그렇습니다. 이중 턱은 내게 오랜 시간 동안 스트레스를 준 요인 중 하나다. 미국에 처음

갔을 때, 나보다 체구와 사이즈가 훨씬 큰 모델들도 하나같이 얼굴만은 갸름하고 턱이 뾰족한 걸 보고 나는 꽤 충격을 받았다. 뚱뚱해도 얼굴만은 날씬할 수 있다니. 게다가 나는 비교적 동그란 얼굴형인 데다 얼굴이 쉽게 붓는 타입이라 체구가 작아도 훨씬 통통해 보일 수밖에 없었다. 애초에 골격과 체질이 다르게 태어난 '다른 사람'이기에 비교 자체가 무의미했지만, 그 당시에는 그들의 갸름한 얼굴형이 그렇게 부러울 수가 없었다.

이중 턱도 처음에는 조금 귀여운 정도였다. 카메라 앵글이 아래에서 위를 바라보는 방향일 때면 이중 턱이 유독 눈에 띄곤 했는데, 아무에게도 말은 못 했지만 그것마저도 속이 상해서 얼굴만 갸름하게 해준다는 마사지를 받아야 하나, 보톡스를 맞아보면 어떨까 별생각을 다 했다. 게다가 어디 가서 말도 못 하니 더 고통스러웠다. 아이러니하기도 하지. 보디 포지티브를 외치는 플러스사이즈 모델이 정작 자신의 이중 턱을 받아들이지 못해 고민하는 꼴이라니.

내 이중 턱에 대한 자격지심의 근원은 청소년기로 거슬러 올라간다. 고등학교 1학년 때, 바로 근처에 있던 모교인 중학교 앞을 지나가다 당시 한문 선생님을 마주쳤다. 안녕하세요, 하고 인사하자 그녀는 대뜸 내게 "어머, 너 이중 턱 좀 봐라. 살 좀 빼"라며 폭언을 했다. 뭣도 모르고 당한 일이라 나는 벙쪄 있을 수밖에 없었다. 그날 이후로 이중 턱은 내 인생에서 지우고 싶은, 내 몸에서 없애버리고 싶은 것이 되었다.

나뿐만 아니라 거의 모든 여성이 신체를 조목조목 해부해 놓은 콤플렉스를 가지고 있을 것이다. 튼살, 종아리 근육, 두꺼운 허벅지, 팔뚝 살, 넓은 어깨, 뱃살, 처진 가슴, 두꺼운 발목, 통통한 손가락, 웃으면 생기는 얼굴 팔자주름, 눈가 주름, 낮은 코, 매부리코, 얇은 입술, 두꺼운 입술, 옅은 눈썹, 적은 머리숱, 굵고 진한 눈썹, 짧은 속눈썹, 컬이 없는 속눈썹, 도드라진 광대뼈, 작은 하관, 각진 턱, 수술 자국, 흉터, 주근깨, 여드름성 피부, 심지어는 겨드랑이와 유두의 색까지도 평가 대상이 되며 동시에 스스로를 몰아붙이는 이유가 된다.

우리의 몸은 너무 쉽게 스스로에게 혐오당한다. 스스로를 혐오하도록 이간질하는 미디어와 주변 사람들에게서 분리되기란 쉬운 일이 아니다. 매일, 매 순간 들여다보는 휴대폰의 아주 작은 구석에도 당신의 콤플렉스를 자극할 광고 하나가 꼭 걸려 있다. 결국 우리는 그 부분을 교정하기 위해 물불을 가리지 않고 수단과 방법을 찾아나선다. 성형은 물론이고 온갖 이름 모를 낯선 다이어트 방법과 대체 의약품의 힘을 빌린다.

대체 어떻게 하면 이 뿌리 깊은 자기혐오의 늪에서 빠져나올 수 있는지 사람들은 묻는다. 사실 나도 답을 모른다. 나조차도 콤플렉스에 시달리다 지쳐 잠드는 날들을 보내곤 한다. 정확히는 혐오의 늪에 빠져 보내는 날이 많다고 표현하는 편이 더 적절할 것이다.

그나마도 평생 몸에서 딱 한 가지 부위만 혐오할 수 있으면 좋으련만, 인간은 시간이 갈수록 노쇠하고 그럴수록 혐오할 부위는 점점 늘어난다. 어느 날 문득, 어떤 순간에는 노화 역시 혐오 대상이 될 것이란 생각이 들었다. 젊음 그 자체가 좋은 것이었음을 언젠가 추억하게 되리란 생각이 드니 나 자신에게 측은한 마음이 들었다.

'우리의 리즈시절은 과거의 어느 때가 아니라 지금

이 순간'이라는 이야기를 하곤 한다. 다시 돌아오지 않을 우리의 지금. 이 소중한 순간을 최대한 누리다 보면 자기 혐오에서 조금은, 아주 조금씩은 멀어지지 않을까.

늪이란 것이 원래 그런 것이지 않나. 빠져나오려고 발버둥 치면 칠수록 더 깊이 빠지지만 힘을 빼고 가만히 있으면 고요히 수면에 뜨게 되는 것. 그리고 깊이 빠지더라도 언젠가는 바닥에 닿아, 박차고 올라올 수 있는 것.

우선은 우리가 자기혐오의 늪에 빠져 있음을 인정하는 것부터 시작해야 한다. 헤엄쳐 나오려고 하면 할수록 수초에 다리가 감겨 더욱 꼼짝할 수 없게 된다는 걸 받아들이자. 빠져나오려고 몸부림치기보다는 일단 늪을 등지고 누워 고요히 늪을 진정시켜야 한다. 하나의 늪에서 빠져나왔다고 해서 다시 다른 늪에 빠지지 말란 법은 없다는 것도 명심해야 한다. 그때마다 좌절하고 나는 안 될 거라고 생각해서도 안 된다. 인생이란 사실 연속된 자기혐오의 늪에 어떻게 하면 발이 빠지지 않을까 늘 허우적거리는 모양새이지 않은가.

나는 내 이중 턱을 매일같이 마주한다. 66100에서 파는 제품의 모델은 전부 나이기 때문에, 보고 싶지 않아도 어쩔 수 없이 내 얼굴과 이중 턱을 보게 된다. 그리고 되뇐다. 이게 지금의 나라고. 그걸 수학 공식처럼 외우곤 한다. 또한 이것이 영원하지 않다는 사실도 염불처럼 외운다. 또 다른 콤플렉스가 생길 수도 있다는 것도 상기시킨다. 콤플렉스 극복은 그 콤플렉스를 받아들이는 데서부터 시작된다고 생각한다. 혐오의 반대말이 사랑도, 선호도 아닌 포용인 것처럼 말이다.

우리는 우리의 혐오스런 일부들을 포용할 준비가 됐을까? 콤플렉스를 보듬을 마음의 여유가 있을까? 콤플렉스를 끌어안을 충분한 공간이 준비돼 있을까?

사실은 알 수 없다. 준비되었다고 생각했는데 현실의 높은 벽 앞에 무너질 것 같은 때도 있을 것이고, 내 안의 자기혐오를 멈추지 못하는 날도 있을 것이다. 그런 날이면 아마 더욱 강렬하게 콤플렉스에서 벗어나기 위해 발버둥 치고, 그러면 그럴수록 더욱 깊게 가라앉고 말 것이다. 그러면 실컷 엉엉 울고, 다시 일어나 스스로를 조금이라도 덜 미워할 수 있게 노력해 보기로 하자.

콤플렉스는 비교하면 할수록 더욱 커진다. 남들은 안 그런데 나는 그래, 라는 생각이 스스로를 더욱 자기혐오의 늪으로 끌어당긴다. 하지만 거꾸로 생각해 보면 모두가 콤플렉스를 조금씩 가지고 있을 테니, 나의 콤플렉스도 그저 여러 평범한 콤플렉스들 중 하나에 지나지 않는 것이다.

가끔은 생각을 가볍게 하는 것이 스트레스 완화에 도움이 된다. 콤플렉스도 일종의 스트레스 원인이 되니까 의식적으로라도 '별것 아니야'라고 생각하는 편이 정신건강에 도움이 되지 않을까.

이런저런 방법들을 열심히 나열해 봤지만 사실 이 중 아무것도 도움이 안 될지도 모른다. 하지만 분명한 것은, 콤플렉스는 또 다른 콤플렉스를 불러오고 자기혐오는 더 큰 자기혐오를 낳는다는 것이다. 나 역시 그랬다. 거울을 보거나 사진을 찍을 때면 이중 턱 생각에서 벗어나기 어렵다 보니 내 얼굴이 아니라 이중 턱만 보였다. 과장해서 말하자면 이중 턱이 곧 나 자신 같았다. 하지만 그건 사실이 아니라는 걸 당신도, 나도 안다. 결국 콤플렉스에 집중하지 않아야만 콤플렉스에 잡아먹히지 않을 수 있다. 그것이 '콤플렉스 콤플렉스'에서 벗어나는 길이지 않을까.

창조주
어머니

~~~

~~~

~~~

"멀쩡하게 낳아놨더니⋯⋯."

이 말은 우리 엄마가 나를 보며 해온, 아주 오래된 한탄 레퍼토리였다. 마치 엄마가 완벽하게 빚어놓은 피조물이 스스로를 망쳤다는 듯 탄식이 가득한 소리였다.

가까운 사람, 특히 '엄마'가 하는 딸의 몸에 대한 걱정, 아니 걱정을 빙자한 불만 토로는 세대를 걸쳐 내려오며 그 힘이 점점 공고해지고, 그렇기에 벗어나기 매우 어렵다. 엄마도, 엄마의 엄마조차도 너무 뚱뚱하면 게을러서 못 쓴다는 둥 몸에 대한 촘촘한 압박 속에서 살아왔기 때문이다.

　우리 외할머니는 70대까지도 손수 운전해서 새벽에 배드민턴을 치러 다니실 만큼 건강을 챙기며 살아오신 분이다. 엄마도 임신과 출산으로 잃은 건강을 회복하기 위해서 헬스, 에어로빅, 국선도 등등 안 해본 운동이 없을 정도였고 지금은 국선도 사범이자 운동치료사로 살고 있다. 그런 두 분에게 살찐 딸, 손녀라니. 있을 수 없는 일이었다.

　어린 시절, 엄마는 나를 인형 놀이하듯 예쁘게 입히는 걸 좋아했다. 나도 엄마가 예쁜 옷을 입혀주는 것이 싫지 않았기에 마른 몸이었던 고등학교 1학년까지는 엄마가 사주는 옷이 옷장의 전부인 삶을 살았다. 본격적으로 살이 찌기 시작했던 스무 살 무렵부터 엄마는 나를 데리고 백화점의 여성복 매장을 전부 뒤져 내게 맞는 옷을 찾곤 했다. 그러다 맞는 사이즈 찾기에 실패한 날은 실망한 기색이 역력했다. 하지만 내 사이즈를 파는 매장을 발견하면, 얼굴에 화색이 돌며 돈을 아끼지 않고 옷을 몇 벌이고 사줬다. 하지만 세상에 공짜는 없다. 그만큼 나를 향한 엄마의 건강 염려와 우려 섞인 걱정의 말들을 묵묵히 들어줘야만 했다. 일종의 트레이드 같은 의식이었다. 그래서 옷을 얻어 입고 나서도 나는 별로 행복하지 않았다. 엄마의 염려는 힘이 세서, 그걸 들으면 오히려 지금의 살찐 상태에서 절대 벗어나지 못할 것만 같은 기분이 들었다.

그리고 스물다섯이 되어 나는 플러스사이즈 모델이 되겠다고 집에 이야기했다. 엄마는 나와 눈을 마주치지 않은 채 한숨을 쉬며 자리를 피했다. 살찐 나를 보는 시선보다 시선을 피하는 게 더 차가울 수 있다는 것을 그날 처음 느꼈다.

창조주 어머니들은 자신의 피조물, 특히 딸들에게 많은 것을 기대하고 자신의 욕망을 투영시킨다. 자신이 이루지 못한 원을 딸이 이뤄내게 한다든지, 딸을 자신이 생각하는 이상향에 도달시키기 위해 다이어트는 물론이고 성형조차 강제한다든지 하는 등 기상천외한 방법으로 딸을 통해 대신 자아를 실현하고자 한다.

그리고 창조주 어머니들은 늘 자신의 딸들에게 화가 나 있다. 자신의 기대에 부흥하지 못하는 못난 딸, 하지만 못났다고 하면 내가 실패한 것 같은 기분이 드니 못났다고 대놓고 말하지는 못하는, 그렇지만 화는 나는 상태를 딸이 태어난 이래로 오래도록 유지하고 있다 보니 어머니들은 주로 홧병에 걸려 있다. 딸을 자신의 마음대로 할 수 있는 시간은 생각보다 길지 않다. 자아를 이루고 인격과 성격이 형성된 다음에는 생각보다 많은 것을 창조주 어머니 마음대로, 뜻대로 할 수 없게 된다.

그때부터 엄마와 딸의 본격적인 냉전과 열전이 막을 올린다. 몰래 다이어트 한약을 지어 자취방으로 택배를 보내거나 만날 때마다 살을 빼라고 잔소리나 폭언을 하는 등의 방법으로 일방적인 공격을 퍼붓는다. 그런데 딸들은 다들 어쩜 그리 엄마를 사랑해 마지않는지. 그 폭언과 폭력을 모두 견디고 견디다 못해 마음도 몸도 병들어 버리곤 하는 것이다.

외모 다양성과 관련한 강연을 하면 종종 이런 질문을 받았다. 가까운 가족이나 지인이 '너를 위해서 하는 소리'라면서 몸에 대해 잔소리를 심하게 하며 스트레스를 줄 때 어떻게 대처해야 하느냐는 것이었다. 나 역시 살이 찌고 난 이후로 엄마에게 그런 말을 끊임없이 들어야 했기에 그들의 고통이 더욱 공감됐다.

내 답변은, 나를 고통스럽게 하는 사람에게서 멀어지라는 것이었다. 나를 있는 그대로 봐주지 않는 사람 옆에서 고통스럽게 그 포격을 다 받으며 버티지 말라는 뜻이기도 했다.

아무리 애정이 있어 하는 말이라지만 나를 상처 입힌다면 그건 폭력에 불과하다. 그리고 그 애정이 잘못된 방향으로 지나치게 되면 섭식장애까지 유발할 수 있다. 냉장고에 자물쇠를 채워 식사를 못 하게 한다거나, 식구들은 모두 야식을 시켜 먹는데 뚱뚱한 자식만 방에 가둬두고 나오지 못하게 한다거나, 식사량을 극도로 제한하거나 밥을 아예 주지 않는 등 말로 다 못 할 경험담이 사람들의 입을 통해 쏟아져 나왔다.

이는 결국 폭식이나 절식, '폭토(폭식 후 토하기)', '먹토(먹고 나서 토하기)' 등의 섭식장애로 이어진다. 섭식장애는 정신과 질환 중 사망률 1위에 달하는 위험한 질병이다. 애정이라는 미명하에 지나치게 스트레스를 유발하면 자칫 생명을 잃을 수도 있는 위험한 상황에 놓이게 된다는 것이다.

어느 날은 강연장에서 한 분이 자기도 비슷한 일을

겪었다고 털어놓았다. 하루는 그가 용기를 내서 엄마에게 그런 말을 들을 때마다 얼마나 괴로운지를 말하자, 엄마가 깜짝 놀라며 사과하시고는 그러지 않으시려고 꽤나 노력하고 있다는 이야기를 하였다. 나는 차마 엄마와 대화하려고 하지 못했는데 정말 대단한 용기였다.

그 이야기를 들은 이후로 나 역시 엄마의 말을 무시하고 거리를 두는 것만으로는 충분하지 않다고 느끼기 시작했다. 엄마는 나를 지속적으로 고통스럽게 하는데, 나는 엄마와 충분히 멀어졌나? 그저 따로 살기만 하면 그걸로 된 건가? 실재하는 문제는 그대로 둔 채 물리적인 거리만 멀어지면 되는 건가? 고민과 의문이 꼬리에 꼬리를 물었다.

그러던 어느 여름, 내 생일이라 식구들이 전부 모인 자리였다. 간만에 만난 가족들은 당연한 듯 내가 살이 쪘네, 빠졌네 하는 이야기를 하고 있었다. 그리고 엄마는 또 그 말을 기어이 꺼내고야 말았다.

"멀쩡하게 낳아놨더니……."

나는 그 순간 엄마에게 폭발하듯 말해버렸다.

"엄마, 대체 그렇게 말하는 이유가 뭐야? 멀쩡하게 낳아놨는데 내가 스스로를 망치고 있다는 말을 하고 싶은 거야? 그래서 어떻게 했으면 좋겠다는 거야? 그 말이 대체 우리 관계에 어떤 좋은 영향을 줄 거라고 생각해서 그러는 거야? 또 그런 말을 할 거면 나는 앞으로 가족 모임에 안 나올게. 내가 엄마가 생각하는 멀쩡한 딸이 아니란 말을 이제는 더 듣고 싶지 않아."

엄마는 얼굴을 붉히며 내가 언제 그런 식으로 말을 했냐고, 걱정도 못 하냐며 크게 화를 냈지만 나는 들은 척도 하지 않았다. 그리고 정말 놀랍게도, 엄마는 그날 이후로 '멀쩡하게 낳아놓은 딸' 타령을 멈췄다.

어떤 면에서는 허탈하기까지 했다. 그걸 말을 해야만, 당신과 더 거리를 두겠다고 못 박고 나서야만 내 몸에 대한 모욕적 언사를 안 들을 수 있게 되다니. 오래전 사귀던 남자친구의 폭언과 지인들의 말을 그냥 웃어넘겼던 시간이 더욱 씁쓸할 수밖에 없었다.

스무 살 60kg 남짓이었던 내게, 지극히 정상 체중이었던 내게 "너는 10kg만 빼면 완벽해"라며 다이어트를 종용하던 구남친, 소개팅 시켜달라고 했더니 한참 말을 돌리다가 "10kg만 빼면 소개팅 시켜줄게"라고 말하던 지인, 그리고 "이게 다 너 잘되라고 하는 말이야"라며 다이어트를 종용하고 내 몸에 대한 수치심을 불러일으키던 그 많은 사람들.

문득 그 말들 앞에서 얼어붙었던 나를 안아주고 싶어졌다. 누구라도 그런 말 앞에서 괜찮을 수 없었을 거라고. 그들이 나쁜 거라고. 그리고 언젠가 힘과 용기가 차곡차곡 쌓이면 그들에게 너의 말은 무례하고, 나를 상처 입히지 말라고 당당히 말할 수 있게 될 거라고 말이다.

#오늘의셀프칭찬

~~~~~

~~~~~

~~~~~

'#오늘의셀프칭찬'이라는 해시태그를 달아서 매일 스스로를 칭찬해 주던 날들이 있었다. 그 무렵 나는 찌그러질 대로 찌그러진 참치 캔 같았다. 그냥 먹자니 파손된 지 얼마나 지났을지 모를 일이고, 뚜껑을 열어 확인해 보자니 찌그러져 열리지도 않고, 그대로 보관하려니 찌그러진 틈새로 기름이 흘러나와 이미 망쳐질 대로 망쳐진 참치 캔 말이다.

　　나는 거의 매일 울었고 매일 우울했다. 기분이 살짝 나아지는 건 조증이 찾아올 때뿐이었다. 기름이 잔뜩 묻어 폐기조차 쉽지 않은 참치 캔이 된 나는 버려지기를 기다리는 중이었다.

그런 나에게 다가와 준 친구가 있었다. 지금이야 그녀를 친구라고 부르지만, 친구라고 불러도 되는지 확신하기까지는 아주 오랜 시간이 필요했다.

우리는 과수원을 하는 친구의 농장에서 만났다. 과수원을 하는 친구는 꽃이 피는 계절이면 일손이 부족해 지인들을 불러 모아 함께 일하고 밥을 해 먹으면서 며칠을 보내곤 했다. 나는 밥을 해주러 갔었고 그 친구는 일하러 온 친구의 친구였다. 우리는 일이 다 끝난 후 쉬는 시간에 야식을 해 먹으며 친해졌다. 그러다 서울에 돌아와서는 집에 초대해 맛있는 걸 잔뜩 해 먹이며 시간을 보냈다. 우리는 김치전이며 돈가스, 마라탕 같은 음식 앞에서 아이처럼 깔깔대며 즐거워했다.

그러다 66100의 물건을 맡겨뒀던 위탁 배송 업체의 물류 창고에 불이 났다는 전화가 왔다. 만들어뒀던 브라렛과 팬티가 모두 전소되었고, 불이 난 경위는 아직 파악 중에 있으며 지금도 불이 잡히지 않았다고 했다. 어안이 벙벙해지기에 충분한 소식이었다. 우리는 그 소식을 함께 들었고, 나는 울고야 말았다. 그리고 얼마 지나지 않아서 함께 66100을 만들어왔던 친구가 세상을 떠났다는 사실을 알게 됐다. 그때 두 번째로 정신과에 입원했다.

나는 파도 앞에서 손 쓸 수 없는 모래성처럼 산산이 부서져 바다로 쓸려 내려갔다. 그런 나를 그 친구는 작은 손으로 조금씩 양동이에 퍼 담았다. 다시 쓸려 내려가면 다시 한 줌을, 또 쓸려 내려가면 또 한 줌을 퍼 올렸다.

　　대단한 뭔가를 했던 것은 아니었다. 그저 묵묵히 옆에 있어줬다. 병원에 있을 때는 문병을 와서 하루 자고 가기도 했고, 한 주에 닷새는 우리 집에서 먹고 잤다. 주변의 사람과 사물이 순식간에 사라지는 경험을 한 내게는 누군가가 한자리에 늘 있어준다는 것만으로도 큰 위안이 되었다. 우리는 함께 산책을 하고 밥을 먹고 집 근처 커피숍에서 커피를 마셨다. 일상을 공유하며 시간은 바람처럼 빠르게 지나갔다. 그렇게 겨울이 되었다.

　　어느 밤, 산책을 하던 길에 나는 친구에게 그간 너무 묻고 싶었지만 차마 하지 못했던 질문을 했다.

　　"너는 왜 나한테 이렇게 잘해줘? 왜 내 옆에 있어주고 나랑 같이 시간을 보내고 내가 혼자 있지 않을 수 있도록 해주는 거야? 혹시 옥장판을 팔거나 보험을 들으라고 할 타이밍을 보고 있는 거면 얼른 말해줘."

친구는 어이없다는 듯이 웃으며 말했다.

"그냥 내가 할 수 있는 거니까. 옆에 있을 수 있으니까 있는 거지, 이유는 무슨 이유야."

나는 얼굴이 벌게졌지만 정작 진짜 하고 싶었던 질문은 끝내 하지 못했다. '그럼 우리는 친구인 거지?' 행여 아니라고 하면 어떡할까 하는 두려움이 그 간단한 질문을 하지 못하게 입을 막았다. 그리고 이어지는 걱정들이 질문하려는 나를 말렸다. 만약에 아니라고 하면, 내일부터 나는 다시 혼자인가? 그러면 나는 어떻게 해야 하지? 나는 견딜 수 있을까? 이런 조건 없는 도움을 그럼 뭐라고 이름 붙여야 하는 걸까? 추운 겨울바람 사이로 친구에 대한 두려움과 고마움에 자꾸만 눈물이 났다.

그 겨울 나의 자존감은 더 이상 내려갈 곳이 없을 만큼 낮아져 있었다. 나는 스스로에게 가혹하리만치 혹독했다. 이뤄낸 것보다 해내지 못한 일들에 집중했고, 나 자신을 책망하고, 원망하고, 다그쳤다. 그런 나를 보고 친구는 1년간 매일 한 가지씩 자신을 칭찬해 보면 어떠냐는 제안을 했다. 처음에는 시큰둥했다. 스스로를 칭찬하라니, 뭘 잘한 게 있어야 칭찬을 하지, 하고 생각했다. 하지만 아주 작은 것이라도 스스로에게 칭찬을 해줘 보라는 친구의 말에 나는 100일 정도 되는 시간 동안 거의 매일 하루에 한 번씩 '#오늘의셀프칭찬'이라는 해시태그를 달고 트위터에 글을 올렸다.

역대급 힘든 요가였지만 잘 해낸 것.

더 자주 더 잘해야 할 것 같은 마음이 드는 것을 발견한 것.

조바심 내는 나를 미워하지 않은 것.

귀찮음을 이기고 수건 빨래함.

진짜 귀찮음을 이기고 식기세척기 돌림.

정말 귀찮음을 이기고 비빔면 삶아 먹음.

진짜진짜 무거운 장바구니 들고

합정 홈플러스에서 집까지 걸어옴.

어휴 잘해따 잘해써.

사진 정리를 마친 것.

수박을 많이 먹은 것.

하나씩 차근히 생각한 것.

무리라고 생각하는 일은 하지 않을 용기가 생겼다.

물을 많이 마셨다.

귀찮음을 뚫고 사무실에 가 공인인증서 복사해 왔다.

거래처 결제 처리를 완료했다.

점심밥을 해 먹었다.

잘했다.

힘들다고 울지 않기.

밥 잘 챙기기.

고양이 많이 만지기.

된장찌개를 끓인 것.

끼니를 잘 챙긴 것.

힘내서 하루를 산 것.

영업 열심히 한 나 칭찬해.

요가하고 상담받고 산책하고 밥 거르지 않은 것.

주방 한 귀퉁이를 조금 청소했다.

더 자주 더 잘해야 할 것 같은 마음이 드는 나를 발견한 것.

좋아하는 젤라또를 지나치지 않았어.

오늘 책 한 권 원고 마감했다.

수고했다.

대단하다.

토요일 오전인데도 사람이 꽤 많던 병원. 어떻게 지냈냐는 선생님의 말에 반년 만에 처음으로 나쁘지 않았다고 말을 이어갔다. 2주에 한 번으로 방문 일정을 조정하고 병원을 나서며 처음으로 나아지고 있다고, 이제까지의 시간이 헛된 것이 아니라고 느꼈다.

여기까지 오느라 정말 수고했어.

내가 올렸던 글을 찾아 읽으면서 조금 뭉클하기까지 했다. 첫 번째 글을 찾느라 정말 애먹었는데, 거기에는 이렇게 적혀 있었다.

'거절을 감내할 용기를 낸 것.'

어떤 맥락에서 이런 글을 썼는지는 기억나지 않는다. 하지만 나는 칭찬 일기를 쓰기 전과는 정말 다른 사람이 되었고, 그 전보다 나 자신을 좀 더 믿어주는 사람이 되었다. 아직 '거절당하는 것을 두려워하지 않는 사람'은 되지 못했지만, '거절당하고도 툭툭 털고 일어날 힘이 내게 있다고 믿는 사람' 정도는 되었다. 그리고 이 모든 것은 그 친구가 있어준 덕분이다.

나조차도 스스로를 믿지 못했던 순간들에 나를 믿어주고 옆에 있어줬던 친구. 오늘의 칭찬 일기에는 '너를 만난, 너를 알게 된, 너와 친해진 나를 칭찬한다. 네 덕분에 더욱 나은 내가 된 것에 감사해'라고 쓰려고 한다. 네가 없었다면 오늘의 나는 오롯이 존재하지 못했을 수도 있으니까.

멈추지 않는
마음

처음 출판사 미팅을 했던 날을 기억한다. 우리는 연남동 어느 갤러리 카페에서 만났다. 테이블을 사이에 두고 마주 앉아 인사를 나누고 명함을 받았다.

이제야 밝히지만, 나는 그 미팅에 큰 기대를 하고 있지 않았다. 책 출간에 대해 이야기를 나눴던 출판사만 벌써 세 번째였기 때문이다.

첫 번째 출판사는 내가 출판 제안서를 보냈는데 단번에 거절당했고, 두 번째 출판사와는 담당자 미팅을 두 번이나 했지만 최종적으로 출판이 무산됐다. 나는 이번에도 결국 거절당하겠지 하는 생각을 하고 있었다. 그래

서 계약금도 일부러 아쉬움 없이 불렀다. 그런데 일주일
도 안 돼서 계약서가 도착했다. 나는 당황했다. 아, 이제
책을 진짜 써야 하는 건가? 하지만 나는 아직 아무 준비
가 안 됐는데!?

처음에는 '뛰어넘다'라는 주제로 글을 쓰기 시작했
다. 이제껏 내가 넘어왔던 허들과 넘지 못한 허들에 대해
서 써 내려갔다. 하지만 글은 뚝뚝 끊겼다. 긴 호흡으로
글을 쓰는 것은 생각보다 쉽지 않았다.

나는 중고등학교 시절 시 부문에서 늘 수상을 하고,
학교 대표로 경시대회에 다니는 애였다. 비록 수상 운이
따라주지는 않았지만 글쓰기는 어디서든 내가 잘하는 일
이었고, 한 번도 글쓰기에서 막혀본 적은 없었다. 잡지를
무려 일곱 권이나 만들어낸 나 아닌가. 하지만 글을 쓰기
시작한 이후로 갖은 사건사고가 터지면서 컨디션이 급격
히 나빠져 갔다. 물류 창고에 화재가 났던 것도 그때쯤이
었다.

화재 후 제품을 새로 제작하는 데 걸린 시간만 6개
월이었다. 사실 이전과 똑같이 만들면 당장 판매할 물량
만이라도 빠르게 준비할 수 있었지만, 신제품 출시를 준

비하던 차였기에 대충 만들어서 매출을 때우고 싶지는 않았다. 살을 깎는 결정이었지만 그래도 신제품을 제작하기로 했다. 화재가 있던 달 이후로 브라렛, 팬티의 판매액이 그대로 매출에서 사라졌다. 주요 매출원이었던 만큼 허리가 휘청하는 금액이었다. 그래도 차근히 수습하다 보면 다 괜찮아질 거라고 생각했는데, 화재 사건은 생각보다 내게 타격이 컸던 모양이었다. 나는 조금만 툭 건드려도 눈물이 날 정도로 취약해져 있었다.

화재 사고가 있기 6개월 전에는 지하 사무실의 배수펌프가 고장 나 침수 피해를 당하기도 했다. 엎친 데 덮친 격이라고, 누수까지 시작돼서 그때는 더 이상 미루지 못하고 사무실을 옮겼다.

그러고도 채 얼마 되지 않았을 때였다. 아끼던, 66100을 같이 만들어온 친구가 자의로 세상을 등졌다. 장례도 발인도 모두 끝난 이후에 들은 소식이었다. 그 친구와는 외주 작업을 같이 하고 있었는데, 그 일이 있기 며칠 전 내게 외주 작업비 입금을 요청했었고 나는 정신이 없어 답변을 늦게 하고 말았다. 그게 우리의 마지막 연락이었다. 얼마 되지도 않는 돈이었는데 그게 뭐라고 답을 늦게 했을까. 나 자신이 원망스러웠다.

　잠을 못 자기 시작했고 자살사고가 시작됐다. 나는
견디다 못해 정신과에 입원했다. 일주일 병원비가 두 달
치 생활비를 웃돌았지만 별 방법이 없었다. 살기 위해서
라면 어쩔 도리가 없었으니까. 살면서 그렇게 열심히 약
을 챙겨 먹어본 적이 없었다.

　매일 우는 날들이 이어졌다. 그러다 조금 나아져 이
틀에 한 번 울고, 사흘에 한 번 울게 되었다. 동네 정신건
강복지센터의 상담 선생님이 일주일에 한 번 들러 상태
를 봐주셨고, 친구들은 돌아가며 매일같이 내 곁을 지켰
다. 거의 1년 가까이 되는 시간 동안 친구들이 늘 옆에 있
어줬기에 나는 지금껏 살 수 있었다.

　그래서 다 나았느냐 하면 글쎄, 아직도 약을 먹고 상
담을 다니며 어지간하면 집에 혼자 있지 않는다. 어제와
비교하면 한 발자국도 앞으로 나아가지 못한 것 같지만,
몇 년 전을 생각하면 정말 많은 걸음을 걸어왔다. 하지만
아직도 갈 길이 멀다.

　그리고 출판 계약서에 사인을 한 지 4년이 지나, 아

주 우연한 곳에서 다시 글을 쓸 마음을 얻었다. 친구가 『젊은 ADHD의 슬픔』을 쓴 정지음 작가를 만나고 있는데 합석하겠느냐고 연락을 해온 것이다. 나는 아직 한 글자도 제대로 못 쓴 책을 마음에 품고 있는데 베스트셀러 작가를 만나도 되는가 싶어 마음이 움츠러들었지만, 용기를 내 그 자리에 나갔다.

작가님은 밝고 유쾌한 사람이었다. 술자리가 이어지고 이야기를 하다가 내 책 이야기가 나왔다. 나는 글이 도저히 써지지 않아 괴롭다고 지나가는 말로 이야기했다. 그러자 작가님은 이 책을 통해서 꼭 하고 싶은 이야기가 뭐냐고 물었다.

나는 괜찮다는 말을 전하고 싶다고 했다. 괜찮아도, 괜찮지 않아도 괜찮다는 말을 하고 싶다고. 사람들이 이책을 읽고 자기 자신에게 조금은 관대해지기를 기대한다고 했다. 그랬더니 작가님은 그러면 이제 쓸 일만 남았네요, 라며 활짝 웃었다.

그렇게 나는 괜찮거나 괜찮지 않은 이야기들을 조금씩 써 내려가기 시작했다. 아니, 아예 여는 말부터 썼다. 약간 '나, 이런 글을 쓸 거야' 하는 선전포고 같은 거였다.

하지만 처음에는 막혔던 글이 줄줄 써 내려져 가는
가 싶더니, 도저히 한 문단을 다 채우지 못하고 노트북을
덮어야 하는 날이 부지기수가 되었다. 요즘은 원고를 쓰
는 날보다 쓰지 못하는 날이 더 많다. 처음 한 2주간은 정
말 무섭도록 원고만 썼는데, 지금은 무슨 글을 써야 하나
고민하는 시간이 길다. 사실 마음이 다시 조금씩 무겁게
내려앉고 있다. 이유는 아직 찾지 못했다. 그저 무기력하
고 불안감에 휩싸이는 날들이 점점 더 길어지고 있다는
것이 내가 아는 전부다.

책을 내겠다는 마음은 나의 바람인 동시에 출판사
와의 약속이었다. 나는 또다시 약속을 미루게 될까 봐 두
려워졌다. 하지만 이번에는 두려운 마음까지도 전부 쓰
기로 마음먹었다. 무엇이 두려운지, 왜 두려운지 알 수 없
는 막막함에 대해서도 쓰기로 했다.

그렇게 이 글의 말미까지 겨우 달려왔다. 글이 써지
지 않는다는 핑계를 장황하게 댄 것 같아 이 글을 다 지워
버리고 싶은 마음을 겨우겨우 달랬다. '글 밖으로 도망가
지 말아야지' 하는 마음을 붙들고 이 글을 썼다.

작가에게도 그런 날이 있다. 글이 써지지 않는 날, 글을 쓰고 싶지 않은 날, 도망칠 수만 있다면 마감에서 가장 먼 곳으로 달아나고 싶은 날.

그렇지만 그 마음에서 도망가지 않고 글을 써 내려가야만 여러분과 이렇게 글을 사이에 두고 만날 수 있으니까, 멈추지 않고 도저히 글이 써지지 않는다는 이야기마저 쓰려 한다. 이게 작가의 고충이자 고통이지 않을까.

물론 멈춰야 할 때는 언제든 잠시 멈춰야 하는 게 맞다. 그러나 꼭 이야기해 주고 싶은 건, 멈추지 않는 마음이야말로 무너지지 않는 강한 의지라는 것이다. 나의 마음은 무너졌지만 재건되고 있으며, 부서질 만큼 연약하되 다시 이어 붙인 도자기의 조각처럼 굳건하다.

어느 날 당신의 마음이 와르르 무너진다면 당신은 어떻게 하실는지. 잠시 멈춰서 숨을 고를까, 이를 악문 채 멈추지 않고 앞으로 나아갈까, 아니면 조용히 그 사이에서 이것도 저것도 하지 못한 채 부유할까?

어떤 선택을 하든 고민하기를 멈추지 않는다면 그

마음이야말로 당신을 어디로든 갈 수 있게 하는 힘이 될 것이다. 내가 이 글을 무사히 끝마친 것처럼 말이다.

나는
무엇으로 정의되는가

우리는 이름을 제외하고도 많은 사회적 지위와 직업, 능력, 역할로 불린다. 나는 김지양이지만, 플러스사이즈 모델 김지양, 혹은 66100 (대표) 김지양으로 주로 불린다. 그냥 플러스사이즈 모델이 아닌 '한국 최초의 플러스사이즈 모델'로도 종종 불리는데, 사실 이 수식어에는 오류가 있다. 한국에는 비슷한 개념인 '빅사이즈 모델'이라는 이름으로 활동하는 모델들이 이미 존재했고, 플러스사이즈 모델은 미국과 유럽의 개념을 가져온 것이다. 따라서 엄밀히 말하면 나는 '미국 런웨이에서 데뷔한 한국인 최초의 플러스사이즈 모델'이 맞다. 오류를 최대한 정정하려고 하지만 그럼에도 간혹 인터뷰나 방송에서 전자로 소개되는 경우가 있는데, 그럴 때면 아주 곤혹스럽고 난처하다. 어떤 사람들은 어차피 둘이 비슷한 거 아니냐고 하는데, 만약 누군가가 애플망고인 당신을 애플이라고 부르면 본인과 다른 애플들의 기분은 어떻겠는가.

어떤 일의 시작이 된다는 것은 어려운 일이었다. '요이, 땅' 하고 출발선에서 막 뛰어나왔을 때는 아무도 나를 바라보지 않았는데, 시간이 지나니 이 길 위에는 오로지 나뿐이고 나만을 쳐다보는 사람들이 끝도 없이 늘어서 있었다. 어떤 이는 내가 넘어지기를 바라는 눈빛을, 어떤 이는 나를 동경하는 눈빛을 보낸다. 또 누군가는 나를 신기한 눈빛으로 쳐다본다. 나는 그저 내 길을 갈 뿐인데, 어느새 길은 무대가 되어 나를 품평하고 재단하는 광장이 되어 있었다.

그런 눈빛들에 휘둘리고 휘청거리면서도 나는 걷기를 멈추지 않았다. 그 길 위에서 나는 편집장이 되었다. 패션지 커버 모델이 꿈이었던 나를 써주는 곳은 많지 않았다. 페이가 없는 인터뷰 기사에 화보를 끼얹은 기획물 정도에 등장하는 게 그나마 최선이었다. 잡지를 만든 것은 일종의 오기였다. 자리가 없으면 만들면 되지, 하는 마음으로 친구들을 모아 플러스사이즈 패션 컬처 매거진 《6600》을 만들었다. 계간지였다. 독립잡지치고는 많이 팔린 편이었지만, 판매 부수는 생산 물량을 늘 따라잡지 못했다. 한마디로 잡지만으로는 먹고살 도리가 없었다.

결국 나는 옷을 제작하고 쇼핑몰을 열어 끝내 사장, 더 정확히는 개인사업자가 되었다. 정말이지 어지간해서는 시작하고 싶지 않은 일이었다. 모델이 되고부터 꾸준히 '그러다 쇼핑몰 하려고 저러지'라는 말을 무수히 들어왔기 때문이었다. 사실 저 말 자체가 좀 이상한 것이, 그래서 그게 뭐가 문제인지는 통 알 수 없었지만 여하튼 그 때문에 내 머릿속에 '쇼핑몰은 돈 버는 일, 돈 버는 일은 나쁜 일, 해서는 안 될 일'로 각인돼 있었다.

쇼핑몰의 출자금은 50만 원이었다. 통장에 돈이 그것밖에 없었다. 첫 달 매출은 10만 원이었다. 다음 달은 20만 원이었다. 두 배의 성장이었다. 그다음 달에는 50만 원을 벌었다. 그리고 또 그다음 달에는 100만 원을 벌어냈다. 4개월 만의 일이었다. 그렇게 시작한 사업이 어느새 8년 차가 되었다.

그리고 외모다양성과 자기 몸 긍정주의Body Positive
에 대한 관심이 높아지면서 강연 의뢰가 여기저기서 들
어오기 시작했다. 쑥스러웠지만 내심 뿌듯했고 스스로
가 자랑스러웠다. 강연을 할 때, 사람들과 만나 면 대 면
으로 이야기를 나눌 때면 기쁘고 즐거웠다. 그러다 온스
타일에서 론칭한 여성 건강 버라이어티 「바디 액츄얼리」
의 공동 MC로 발탁되어 방송인 사유리 님, 배우 정수영
님과 근 1년 정도 함께 합을 맞췄다. 첫 방송에는 내가 질
초음파를 받는 장면이 나가기도 했다. 방송을 통해 여성
건강과 생리대의 상관관계에 대해서 사람들이 주목했고,
대안 생리용품으로 생리컵을 소개하고 실제로 착용해 보
기도 했다. 보람된 시간들이었다.

　　팟캐스트 진행자로 나서기도 했다. 맛있는 걸 맛있
게 먹는 이야기를 하고 음식에 대한 순결한 쾌락을 다룬
「이노센트플레저」, 개그우먼 안영미 님과 함께 진행했던
19금 여성향 성인 토크쇼 「귀르가즘」이었다. 「이노센트
플레저」는 펀딩을 받아 시작한, 정말 몇 안 되는 사람이
듣는 '쫌쫌따리' 팟캐스트였는데, 우리 나름대로 구색을
갖춘답시고 '오프라인 라이브 토크'(겸 마라탕 파티)를 진

행하기도 했다. 사람들과 모여서 자칭 타칭 '마라 마스터'
인 지인을 게스트로 초청해 함께 마라탕의 진수는 무엇
인가에 대해 아주 심오한 대화를 나눴다.

그렇게 모델로 데뷔한 지 만 10년이 되던 해, 여성신
문에서 주최하는 양성평등문화인상에 선정돼 수상을 했
다. 그제야 지난 10년을 공식적으로 인정받는 기분이었
다. 동시에 그동안 나는 타인에 의해 정의되는 삶을 살아
왔다는 생각을 했다. 내가 되고자 한 게 아니라, 그저 쉬
지 않고 걷다 보니 일정한 거리를 걷고 나면 주어지는 이
름표 같은 것들이 어느새 내 수식어가 되어 있었다. 그래
서 이번에는 스스로를 정의해 보고자 했고, 인스타그램
의 계정 소개글에 '외모다양성 활동가'라는 말을 추가했
다. 여기에는 나름 큰 용기와 결단이 필요했다. 지금까지
는 수식어란 주어지는 것이지, 스스로 부여하는 것은 아
니라고 생각해 왔기 때문이다. 그것은 나 역시도 성과를
내지 못한 사람은 무언가로 정의될 자격을 박탈당하는
사회에 살고 있기 때문 아니었을까.
처음에 데뷔하기 위해 갔던 미국 LA에서 만난 친구

들은 아직 큰 성과를 내거나 유명해지지 않았더라도 스스로를 뮤지션, 아티스트, 화가라고 칭했다. 우리나라 정서였다면 그 앞에 작은 수식어를 하나씩 덧붙였을 것이다. 아직 앨범을 내지 못한 뮤지션, 무명의 아티스트, 개인전 한 번 하지 못한 화가라고 말이다. 하지만 상도 받았고, 실제로 필드에서 고객을 만나 그들의 고충을 듣고 솔루션을 제공해 주며 강연 및 인터뷰를 통해 외모 다양성에 대한 이야기를 하는 내가 외모 다양성 활동가가 아니면 뭐란 말인가. 나는 오기로라도 그렇게 생각했다.

하지만 가끔은 그 수식어들을 모두 내려놓고 그저 김지양이고 싶은 날이 있다. 악플을 너무 많이 받은 날이나 '내가 하는 일이 의미 없는 것은 아닐까' 하고 의심되는 순간, 잘해야 한다, 해내야 한다는 중압감에 심장이 터질 것 같은 날에는 심지어 김지양이라는 이름마저 지우고 가만히 웅크려 앉아 있고 싶은 기분이 드는 것이다.

최근 지인이 마포구의원에 당선되었는데 '국내 선거 역사상 첫 성소수자 구의원'으로 언론에 소개되었다. 그녀는 그저 구의원이 되었을 뿐인데, 성소수자라는 수식어를 더 굵은 글씨로 새겨 넣은 듯한 모양새였다. 그녀는 성소수자 구의원이기보다 일 잘하는 구의원이 되는 것이 목표라고 밝혔다. 그녀의 이름은 차해영, 나는 그녀의 선거캠프 명예후원회장이었다. 그랬기에 그녀의 당선이 더욱 뜻깊고 뭉클했다. 나를 대변하는 수식어가 나의 정체성 하나만이 아니길 바라는 마음이 무언지 절실히 알기에 그녀의 인터뷰가 더 가슴 찡했다.

우리는 무엇으로 정의되는가. 우리는 해왔던 일, 앞으로 해나갈 일, 혹은 이뤄낸 일, 실패한 일 등을 거북이 등딱지처럼 짊어진 채 살아간다. 그러나 우리의 이름 앞은 직업이나 정체성이 아닌 아직 이루지는 못했으나 선명히 꾸고 있는 꿈, 되고자 하는 인간상, 포부 같은 것으로 꾸며도 좋지 않을까. 어떻게 인간을 단편적인 단어 몇 가지로 설명하고 대변할 수 있겠느냐 말이다. 나라는 인간으로만 말할 것 같아도 쉰여덟 가지는 넘는 수식어들을 지나쳐 지금의 내가 되었는걸.

나라는 사람을 정의 내리되 그 정의가 평생 변치 않는다고 생각하지 말고, 걷기를 멈추지 않으면 우리는 언젠가 무엇이 되어 만나게 될 것이다. 반드시.

2

외로움과 상실감이
요란하게 넘실댈 때

◊

나의 주특기는
안 괜찮은데 괜찮다고 하고
나중에 가서는 결국
마음이 상해서 엉엉 울어버리기다.

상실의
시대

~~~~
~~~~
~~~~

첫 부고를 받은 것은 고등학교 1학년 때였다.

중학교 1학년 때쯤, 엄마는 사춘기의 절정에 다다른 나를 동네 청소년수련관 상담센터에 등록시켰다. 나는 잔뜩 화가 나 있었다. 엄마는 어떤 노력도 하지 않은 채 상담실에 나를 떠맡겨 놓고는 내 사춘기가 거저 지나가기만을 바라고 있었다.

내가 원하든 원치 않든 상담은 시작됐고, 거기서 내 인생의 첫 상담 선생님을 만났다. 그녀는 1년도 넘는 시간 동안 매주 한 번씩 나를 상담해 줬다. 그런다고 해서 교우 관계가 더 좋아지거나 성격에 드라마틱한 변화가 생기진 않았지만, 그것은 길지 않은 내 인생에 무슨 일이 일어났는지, 내가 어떤 사람인지, '나'라는 사람을 속속들이 다 아는 사람이 생겼다는 뜻이었다. 선생님은 상담 내내 한 번도 평정심을 잃은 적이 없었다.

그러다 나는 고등학교에 갔고 선생님 건강상의 문제로 상담을 종료했다. 간암이었다. 선생님과의 상담을 못 하게 된 나는 절친한 친구를 잃은 열일곱 살 여자애 그 이상도 이하도 아니었다. 매주 만나던 이야기 상대가 사라지자, 나를 아는 유일한 존재가 인생에서 삭제된 것 같았다.

그러던 어느 날 선생님이 돌아가셨다. 엄마를 통해 들은 이야기였다. 엄마는 내가 충격을 받을까 봐 그랬다며 장례식도, 발인도 전부 끝난 후에야 선생님의 부고를 알렸다. 나는 치밀어 오르는 화에, 그리고 슬픔에 치를 떨었지만 티를 내지는 않았다. 그런다고 선생님이 살아 돌아오실 것도 아니니까. 그리고 우리 엄마는 내 감정이 어떤지 이야기를 해도 자기가 무슨 짓을 했는지 알 만한 감수성을 가진 사람이 아니었다.

선생님이 상담센터에 마지막으로 출근한 날, 선생

님은 내게 완치가 되었다고 거짓말을 했다. 나는 들뜬 마음에 하얀 소국을 한 다발 사 갔고 그것이 선생님께 한 내 마지막 선물이 되었다.

선생님의 죽음을 알게 된 후 나는 자책에 빠졌다. 내가 하필이면 하얀 국화를 선물해서 재수가 없었던 건 아닐까. 선생님에게 좀 더 관심을 가졌더라면 병증이 깊어진 걸 알아챌 수 있지 않았을까. 그랬다면 마지막 인사를 제대로 할 수 있었을 텐데, 그럼 선생님의 부재를 지금보다는 좀 더 의연하게 견뎌낼 수 있지 않았을까. 별의별 생각을 다 했다.

하지만 그런다고 선생님이 다시 돌아오는 건 아니었다. 나는 마음껏 슬퍼할 기회를 박탈당한 채 그리움과 슬픔을 오랫동안 마음 깊이 묻어두고 살아왔다. 사람들은 종종 애도의 시간이라는 게 얼마나 중요한지에 대해 말하곤 하는데, 나는 단 하루도 편하게 선생님을 애도해본 적이 없었던 것 같다. 장례식은 사실 죽은 사람이 아니라 살아 있는 자들을 위한 행위라는 걸 어렴풋하게나마 느낄 수 있었다.

내 인생 두 번째 부고는 20대에 찾아왔다. 중학교 시절, 국선도 사범이었던 엄마는 방학이면 나와 내 동생을 9박 10일짜리 국선도 캠프에 보내곤 했다. 하기사 방학 내내 사춘기 자식들과 함께 시간을 보내느니 외주를 주는 편이 훨씬 나았을 것이다. 밥도 안 해도 되고 어딜 데려갈 필요도 없고, 얼마나 끝내주느냔 말이다. 지금 와서 생각하면 프로그램은 별것 없었다. 집단 상담 프로그램이나 국선도 수련, 계곡 물놀이, 운동장 놀이 같은 야외 활동이 전부였다. 산 좋고 물 맑고 공기 좋은 곳에서 제때 밥 먹고, 제때 자고, 운동만 했으니 애들은 쑥쑥 커서 집에 돌아갔다.

K는 캠프의 대학생 자원봉사자이자 그 캠프를 주최하는 사범님의 아들이었다. 그는 내가 속한 고학년 반을 맡아 인솔했는데, 대학생 자원봉사 선생님들이 으레 그러는 것처럼 형식적인 관계를 유지하거나 무시하는 태도로 아이들을 대하지 않았으며, 아이들로 하여금 한 인격체로 존중받고 있음을 느끼게 해주는 사람이었다.

시간이 지나 K는 캐나다로 워킹홀리데이를 떠났고 우리는 이메일로 소식을 꾸준히 주고받았다. 그러다 내가 스물다섯이 되던 해 여름, 전화가 한 통 걸려왔다. 그의 부고였다. 나는 그의 갑작스러운 죽음이 잘 납득이 가지 않았다. 실내 암벽장에서의 사고 때문이었다고 했다. 실내 암벽장에서 사고로 즉사했다니, 대체 이게 무슨 말인지 하나부터 열까지 이해할 수 없는 것투성이였다. 국선도 캠프 때부터 알고 지낸 오랜 친구가 장례식장에 먼저 도착해서는 도저히 저 안에 들어갈 자신이 없다고 울면서 전화를 걸어왔다. 나는 눈물도 나지 않았다. 부모보다 먼저 죽은 자식 장례는 오래 지내지 않는 것이라며 장례에 발인까지 하루 만에 모두 끝났다. 나는 이번에도 장례식에 가지 못했다. 슬픔이 나를 집어삼키고 있다는 느낌조차 받지 못할 만큼 비현실적이었다.

애도에는 상실을 받아들이길 거부하는 부정의 단계, 강렬한 좌절감과 분노를 표출하는 분노의 단계, 상실을 마주하고 문제의 해결책을 찾으려 하는 협상의 단계, 고통받고 자신의 상실을 체감하는 슬픔의 단계, 결국 자신의 상실을 인지하는 받아들임의 단계가 있다고 한다. 십여 년, 이십여 년이 지난 지금까지도 나는 부정의 단계에조차 진입하지 못한 것 같다. 너무 오래 보지 못해서,

함께하지 못해서 그들이 부재하다는 걸 자각할 뿐이지 그들이 이제는 내 곁에 없다는 사실이 아직도 얼떨떨하기만 하다.

내가 고등학교에 진학하며 반장이 되었다고 했을 때 상담 선생님이 너무너무 축하한다며 책을 선물해 주신 적이 있었다. 은따에 왕따에 학폭위까지 겪었던 나의 다사다난한 학교생활에 견줘 너무나도 훌륭한 새 출발이라고 생각하셨는지, 선생님은 정말 자기 일처럼 기뻐했다. 나는 아직도 그때의 경험을 거울삼아 살아간다. 안 좋은 일은 늘 일어나게 마련이고 좋은 일은 그 뒤에 언젠가 따라온다는 것. 그저 시간이 지나가기만 해도 괜찮아지는 일이라는 게 있다는 것. 나는 그걸 선생님과 함께하는 시간 동안 배웠다.

하지만 내게 괜찮을 거라고 말해줬던 최초의 사람은 이제 내 곁에 없다. 정확히는 '이 세상에 없다.' 그럼에도 나는 어느 순간은 괜찮고, 어느 순간은 괜찮지 않은 채 살아간다. 괜찮다고 말해주는 새로운 사람들이 생겼고, 내가 힘들 때면 곁을 내주는 사람이 있으며 새로운 상담 선생님도 만나고 있다. 그치만 가끔 '이 사람들은 선생님이 아닌걸'이라는 생각이 드는 건 어쩔 수 없다. K 역시 그랬다. 가끔은 그 누구의 위로도 아닌 그저 K의 위로가 있었으면 어땠을까 생각하는 순간이 있다.

누군가의 부재는 다른 무언가로 대체되지 않는다. 그저 메이크업으로 가린 흉터처럼 그 자리에 조용히, 그리고 가만히 존재한다. 상실감을 이겨내는 방법 같은 것은 없다. 그저 견뎌내야 할 뿐이다. 때로는 괜찮지 않음을 인정하고 그저 묵묵히 그것을 견뎌내야만 하는 시간도 고요히 존재한다.

괜찮다는 말 뒤에
숨은 말

~~~~

~~~~

~~~~

나의 주특기는 안 괜찮은데 괜찮다고 하고 나중에 가서는 결국 마음이 상해서 엉엉 울어버리기다. 아마 '습관적 괜찮음'을 탑재하고 있는 나 같은 사람들이라면 이해할 텐데, 나는 그것이 관계 속에서 특히 도드라진다. '내가 괜찮지 않으면 저 사람이 나를 싫어할 텐데, 떠나갈 텐데' 하는 공포는 나를 무엇이든 괜찮아야 하는 사람으로 만들었다.

　　남편과의 관계도 마찬가지였다. 우리는 소위 말하는 롱디, 장거리 연애를 했다. 그의 집은 경기도 안성이었고 나는 서울 강북구 미아동, 북한산 둘레길이 시작하는 근방에 살았다. 나는 늘 그를 그리워했고 그도 나를 보고 싶어 했으나 우리 사이에는 '어쩔 수 없지'라는 커다란 산이 가로막혀 있는 듯했다.

나는 나대로 연하였던 그에게 투정부리고 싶지 않아 고통과 어려움을 토로하는 대신 일에 매진했고, 그는 그대로 임용고시 4수생이니 공부에 여념이 없었다. 그가 독서실에서 집에 돌아가며 하는 전화 통화가 그나마 우리의 마음이 끊어지지 않도록 위태롭게 이어줬다. 마음 같아서는 왜 더 자주 보러 오지 않느냐 칭얼거리고 싶었다. 하지만 이것이 그의 최선이라는 걸 어렴풋이 알고 있었기에, 그를 더 닦달했다간 나를 떠나버릴지도 모른다는 공포심이 내 입을 틀어막았다.

그러다 남편이 임용고시에 최종 합격했다. 그러나 한 가지 고비를 더 넘어야 했다. 임용고시 합격 이후로 군 복무를 미뤄두고 있었던 것이다. 그나마 다행이라고 해야 할지, 엎친 데 덮친 격이라고 해야 할지 모르겠지만 디스크 수술을 한 탓에 현역이 아니라 사회복무요원으로 근무해야 했다.

암담했다. 나는 더 이상의 헤어짐과 만남에 지쳐서

애초에 결혼하지 않을 거라면 만날 이유가 없다고 연애 초반에 못을 박았고, 그는 그러마 약속했었다. 그래서 나는 아주 신박한 해결책을 강구해 냈다. 바로 혼인신고를 하는 것이었다.

사회복무요원은 살고 있는 주소지를 기준으로 근무지를 배정받는데, 만약 혼인신고를 해서 한집에 산다면 못 해도 아침저녁으로 얼굴은 볼 수 있으니까 일주일에 한 번 볼까 말까 한 상황보다는 낫겠다는 판단에서였다. 먹고사는 거야 힘들긴 할 테지만, 요리 강습이 꽤나 자리를 잡은 때였던지라 넉넉하게 살진 못하더라도 두 사람 입에 풀칠이야 못 하겠나 싶었다. 결혼식이야 그가 제대한 후 자리 잡고 난 다음에 해도 늦지 않다고 생각했다. 그래서 그에게 이런 계획을 이야기했더니, 일리가 있다고 끄덕끄덕하고는 부모님하고 이야기를 해보겠다며 의기양양하게 집으로 돌아갔다.

그러고 주말이 다 갔을 즈음이었을까, 그에게서 전화가 걸려왔다. 목소리가 좋지 않았다. 부모님께 누나랑 혼인신고를 하겠다고 말을 꺼냈더니 펄쩍 뛰며 임신을 했느냐고 물으시더란다. 그래서 아니라고 했더니, 군복무를 하는 동안 돈벌이도 제대로 못 하는데 결혼해서 같이 사는 건 아무래도 아닌 것 같다고 하셨다는 것이었다.

부모님의 입장도 이해가 안 되는 건 아니었다. 하지만 나는 마음이 타들어 갔다. 그와는 대판 싸웠다. 앞뒤 설명도 제대로 하지 않고 혼인신고를 하겠다고 말을 하면 어떡하느냐, 그렇게 말하면 어느 부모가 그래라 하겠느냐고 나무랐다. 그러자 그는 자기가 상황을 망쳤다며 크게 낙심했고, 이런 상황조차 제대로 설명하지 못하는 자기와 더 만나서 뭘 하겠느냐며 헤어지자는 말을 꺼냈다. 나는 그의 말에 어이가 없는 데다 당황스럽고 화가 났지만, 이런 어처구니없는 이유로 그와 헤어지고 싶지는 않았다. 한편으로는 정말 당장 헤어지고 싶을 만큼 화가 많이 났지만, 내고 싶었던 화의 10% 정도만을 내비쳤던 것 같다. 역시나 나의 감정을 드러내면 그가 나를 떠날까 봐 두려웠다.

일단 그를 달래고 그다음 주말에 그의 부모님을 뵈러 갔다. 부모님은 부모님대로 염려하시는 바를 말씀하셨고 나는 나대로 염려와 계획이 있었음을 말씀드렸다. 결국 부모님께서 그가 군 복무를 하는 2년 동안은 우리의

95

데이트 비용을 지원해 주시기로 하고 결혼은 미루자는 결론이 났다(이제 와서 하는 이야기지만, 첫 만남에 뵌 시어머니가 우리 엄마와 깜짝 놀랄 만큼 닮으셔서 '아, 지금은 아닐지 몰라도 언젠가 이 남자랑 결혼해서 저분이 내 시어머니가 되시겠구나'라고 생각했다. 이 정도로 닮았다면 벗어날 수 없는 운명이 아닐까 싶을 지경이었으니까).

　그 일이 있고 얼마 되지 않아서 남편은 강원도 원주의 한 학교에 첫 발령을 받았고 나는 방배동의 엄마 집 옥탑으로 이사를 했다. 그리고 이듬해 초, 그는 4주간의 훈련소 생활을 마치고 안성에 있는 한 중학교에서 사회복무요원으로 근무를 시작했다. 그렇게 우리는 2년 동안 서울과 안성을 오가며 주말부부마냥 연애를 했다.

　그 시절이 어떻게 갔는지는 잘 기억이 나지 않는다. 그저 훌훌 시간이 갔고, 정확히 2년 뒤 원주로 복직해야 하는 시점에 맞춰 우리는 혼인신고를 했다. 그가 원주에서 집을 얻어 생활하는 동안 들어갈 월세며, 이것저것 드는 돈을 생각하면 또 언제 돈을 모아서 결혼하나 까마득했다. 더 이상의 롱디 생활을 견딜 자신도 없었다. 연애 시절 내내 그가 거의 주말마다 서울에 와줬던 것도 있고,

이제 막 사회생활을 시작한 그에게 장거리 출퇴근을 요구할 수 없어 내가 원주에서 서울 동묘까지 매일 출퇴근하기로 했다.

그렇지만 생각보다 쉽지 않았다. 나는 이동 시간이 길어 피곤을 이기기 어려웠고, 막차를 타고 퇴근하는 나를 기다려 기차역으로 픽업을 오는 그 역시 하루 종일 아이들과 씨름하며 생긴 스트레스가 머리 꼭대기까지 가득 차 있었다. 우리는 자주 싸웠고 종종 화해했다. 나는 자주 서러웠고, 그는 그런 나를 힘들어했다.

그래도 신혼의 달콤함은 있었다. 친구들을 초대해서 왁자지껄 모여 맛있는 걸 해 먹거나 동네에 있는 커다란 미술관의 연간 회원권을 끊어서 전시를 보러 다녔다. 많이 가지진 못했어도 부족하다고 생각하진 않았다. 함께하는 매 순간이 소중했다.

어느덧 시간이 지나고 지나 결혼 8년 차가 되었다. 지금은 원주에 원룸을 얻어 주중 내내 남편은 그곳에서 지내고, 나는 서울에 얻은 전셋집에서 고양이들과 함께 주말에 올 남편을 기다린다.

그런데도 어느 날 불현듯 불안이 찾아왔다. '그가 나를 떠나면 어떡하지?' 하는 불안, '다른 사람이 좋아져 이혼하자고 하면 어쩌지?' 하는 두려움이 나를 덮쳤다. 구체적인 원인은 없었지만 불안은 내 머릿속에서 나날이 나를 좀먹어 갔다. 나는 뜸해졌던 상담을 다시 다니기 시작했고, 결국 부부 상담 세션을 잡았다.

이야기 끝에 선생님은 내게 "지양 씨는 남편이 뭘 어떻게 해주면 이 불안이 고요해지겠어요?"라고 물었고 나는 무심코 "남편이 서울에 더 자주 오고, 더 오래 있었으면 좋겠어요"라고 말했다.

입 밖으로 꺼내고서야 실체가 된 내 진짜 마음은 괜찮다는 그늘 뒤에 너무 오래 숨어 있었던 탓에 창백하다 못해 휘청거렸다. 나는 그 마음을 부여잡고 오래오래 울었다. 남편은 그런 나의 등을 가만가만 쓸어내렸다.

남편은 좀 더 일찍 서울로 출발하마 말했고 나는 습관적으로 괜찮다고 대답했다. 그러자 그는 "그러지 말고 진짜 원하는 걸 말해봐"라고 말했다. 나는 숨도 쉬지 않고 날 두고 원주에 가지 말라고 말하고 싶었다. 그러나 그럴 수야 없는 일. 남편은 우스갯소리랍시고 "나 퇴직하고 서울로 올라올까?" 하고 말했지만 어림 반 푼어치도 없을 일이었다.

그가 그 나름대로 최선을 다하고 있다는 걸 알고 있는데도 나는 왜 이토록 외롭고 그리울까. 최선이어도 부족하다 느낄 때는 어찌해야 하는지 막막하기만 하다. 내 이기적인 마음을 채찍질하고 이전처럼 괜찮다 말해야 할지, 내 욕망을 그대로 말해도 될지 도무지 알 수가 없다.

커다란 외로움을 가진 나는 어쩌면 「콩쥐팥쥐」에 나오는 밑 빠진 독이 아닐까 싶다. 아무리 많은 물을 들이부어도 가득 찰 수 없는 깨진 항아리. 그게 나인 건 아닐까. 이제껏 괜찮다는 말로 두꺼비를 대신하고 있었는데, 어느새 두꺼비는 온데간데없고 괜찮다는 말만 덩그러니 남아서 깨진 자리에 너덜거리고 있었다.

아, 괜찮다는 말이 늘 언제까지나 괜찮은 건 아니었구나. 바보같이 그걸 몰랐다.

괜찮다는 말은 자신에게 얼마나 폭력적인가. 그 뒤에 숨은 말들을 찍소리도 못 하게 만들고는 스스로를 괜찮다고 몰아세우고, 진짜 괜찮다고 믿게 만드니 말이다.

당분간은 고통스럽겠지만 깨진 자리를 무엇으로 메꿔야 나의 불안과 외로움이 잠잠해질지 알아보는 수밖에 없을 듯하다. 그렇지 않으면 나는 이제 갈증으로 타들어 가는 수밖에 없을 테니 말이다.

외로움이
싫은 사람

~~~~

~~~~

~~~~

기억이 시작되는 순간부터 아빠는 이렇게 말했다.

"고등학교를 졸업하면 대학 등록금을 일시불로 줄 테니 결혼을 해서 애를 낳아라. 그리고 너랑 네 동생 다 대학에 가면 우리 가족은 각자 알아서 살자."

나는 그래서 스무 살 이후의 내 삶은 결혼을 하지 않으면 혼자가 될 거라고 생각했다. 어린 마음에도 '혼자'는 무서웠다. 아빠의 그 한마디는 가뜩이나 조숙했던 나를 더욱 조숙하게 만들었고, 그래서 나는 열다섯 살부터 결혼할 남자를 찾아 연애를 했다.

열댓 살 먹은 애가 생각하는 '결혼할 만한' 남자라는

건 뻔했다. 나이가 나보다 많은 남자. 곧 성인이 되거나 이미 성인인 남자. 직업이 있는 남자. 그런 조건으로 남자를 고르다 보니 어처구니없을 만큼 형편없는 남자를 만나기도 했다.

어린 시절의 나는 누굴 좋아하는 마음보다는 혼자가 되고 싶지 않은 마음을 기준 삼아 연인을 만났다. 나는 늘 외로웠다. 언제라도 혼자가 될 각오를 하는 사람처럼 무장하고 있었지만 그럼에도 늘 가벼운 애정 앞에 무방비했다. 그리고 너무 쉽게 예상할 수 있듯이, 상처받고 버려지고 내동댕이쳐졌다. 그렇게 조금씩 굳은살이 생겼다. 마음이 조금씩 단단해지긴 했으나 속절없이 무너지는 날들은 늘 찾아왔다. 그런 날이면 누구라도 만나지 않고선 견딜 수 없을 것만 같았다. 하지만 홀로여도, 누군가와 함께여도 다음 날이면 공허함이 밀물처럼 밀려왔다. 그렇게 겨우 하루를 함께 보낸 사람들은 나를 쉽게 떠나고 쉽게 잊었다. 나의 외로움은 전혀 가볍지 않았는데, 나는 그 외로움 때문에 한없이 가벼운 사람이 되어버리곤 했다. 괴로웠다.

그러다 고등학교 3학년, 집이 망해버린 덕분에 아

빠는 나에게 대학 등록금을 일시불로 주지도 못했거니와 결혼을 종용하지도 못했다. 허망했다. 이제까지의 내 삶은 뭐였는지 혼란스러웠다. 고등학교 졸업과 동시에 결혼이라는 망령에서는 벗어났으나 저주에 걸린 듯 나는 여전히 혼자였다.

나는 집에서 멀리 떨어진 지방의 대학에 진학했다. 기숙사 자리가 한참 모자라 자취를 할 수밖에 없었다. 옷과 이불이 든 박스 하나가 짐의 전부였다. 자취방에 혼자 앉아 있으면 그렇게 고요할 수가 없었다. 나는 그 고요함을 견디기 힘들어 늘 아프리카TV에서 방영해 주는 〈CSI 과학수사대〉 시리즈를 틀어놓고 밤을 새곤 했다.

나는 이전과 다른 기준으로 사람을 만나겠다고 결심했다. 하지만 버릇이 쉽게 바뀌지 않듯, 사람 역시 쉽게 변할 수 있는 게 아니었다. 나는 마치 자석처럼 나이가 많은 남자에게 끌렸다. 나보다 더 살았다는 것이 곧 어른이란 뜻은 아닌데, 어렸던 나는 그걸 몰랐다. 어른의 형상을 한 남자를 만나면 심신이 편안해야 할 텐데, 어쩌면 다들 내 속을 그렇게도 박박 긁어대던지. 마음고생을 얼마나 했는지 머리가 다 셀 지경이었다.

나는 그렇게 또다시 혼자가 됐다. 대학을 졸업하고 아무도 만나지 않던 아주 짧은 시간 동안 나는 혼자 사는 삶이 너무 버거운 나머지 큰 집에 세를 들어 셰어하우스를 운영하며 살았다. 외로움에 중독된 사람처럼, 그 외로움을 떨치기 위해 갖은 수를 다 썼다. 저녁이면 다 같이 모여 앉아 밥을 해 먹고, 주말이면 친구들을 불러 왁자지껄 파티를 열었다. 하루도 혼자 있는 밤이 없었다고 해도 과언이 아니었다.

그러다 문득 이모네 집에 탁묘를 보냈던 고양이 '호랭'이 떠올랐다. 호랭은 내가 스물한 살에 휴학하던 시절 데려온 고양이로, 아는 오빠가 평소에 밥을 주던 길고양이가 낳은 새끼 중 한 마리였다. 발을 다쳐서 어미가 두고 간 것 같다며 쩔쩔매길래 무슨 생각이었는지 "내가 데려갈게" 하고 무턱대고 고양이를 맡아 데려왔다. 태어난 지 이제 막 6주쯤 되었을까, 조그마한 쇼핑백에 들어갈 정도로 작은 새끼 고양이였다. 세 시간 간격으로 우유를 먹여야 했고 사고란 사고는 다 치는, 말 그대로 '아깽이'였다. 그러다 내가 복학하게 되면서 대전으로 데려갈 수가 없어 이미 고양이를 키우고 있던 이모네 집에 보냈다. 말이

보낸 것이지, 지금 와서 생각해 보면 사실상 유기한 것이나 다름없었다. 호랭이 그런 나를 기억하고나 있을지 알 수는 없었지만, 혼자라고 매일 울기만 하느니 맡겨놨던 고양이라도 건사하며 외로움을 달래야겠다고 생각했다.

그렇게 호랭을 데려왔고 나는 1인 1묘 가정의 가장이 되었다. 호랭이 오기 전과 후가 뭐가 달라졌느냐고 묻는다면 글쎄, 그닥 크게 달라진 것은 없으나 나만 바라보고 밥 주고 물 주고 간식 주기를 기다리는 생명체가 있다는 것은 아무래도 큰 책임감을 느끼게 했다. 그리고 그 책임감은 외로움이 떠오를 수 없을 만큼 나를 바쁘게 만들었다.

하지만 시간이 갈수록 나는 또다시 외로워졌다. 이번에는 물리적인 외로움이 아니라, 나라는 사람을 깊이 이해하는 사람이 없다는 데서 오는 고독감이었다. 그러다 지금의 남편을 만났다. 그는 여러모로 나와 비슷한 사람이었다. 삶에서 겪은 에피소드나 행보들이 놀랄 만큼 나와 닮아 있었다. 삶의 궤적이 비슷한 사람에게서 오는 끌림은 아주 강력했다. 우리는 그렇게 사귀게 되었고, 3

년이 지나 기쁘고 노엽고 행복하고 힘든 모든 순간을 함께하리라고 맹세하며 결혼했다.

　그토록 기다리던 결혼이었지만 우리는 결혼한 후에도 주말부부로 지낼 수밖에 없었다. 고양이에 남편까지 있는데 외로움이 계속되리라고는 상상도 하지 못했었다. 삶이 '이건 몰랐지?' 하고 나를 놀리는 것만 같았다.

　이쯤 되니 나는 망가진 채로 태어난 사람이 아닌가 싶었다. 혼자서는 밥을 먹기도, 어디에 가기도, 놀기도, 공부하기도, 잠자기도 하고 싶지 않다니. 인간으로 살아가기에 부적합한 것이 아닌가 싶을 정도다. 인간은 원래 고독하고 홀로 태어나 홀로 죽는 존재라는데 혼자를 견디지 못하는 인간이라니. '인간 실격'이라는 생각이 들 만하지 않느냐고 나는 스스로에게 말하곤 했다.

　얼마 전에는 우울하진 않은데 끝도 없이 무기력해서 아무것도 하고 싶지 않기에 상담을 다녀왔다. 선생님은 요즘의 상태를 찬찬히 물어보시더니 "지양 씨가 혼자서 하는 것들에 질려버린 모양이네요"라고 말씀하셨다.

　"어떤 사람은 혼자에 탁월하게 적응하고 어떤 사람들은 그렇지 않은데, 지양 씨는 후자일 뿐이에요."

나의 외로움이 혼자만의 것일지언정 잘못된 것은 아니라고 위로받는 기분이었다.

그래서 나는 앞으로 스스로를 '외로움이 싫은 사람'으로 소개하기로 했다. 가급적이면 혼자이기보다 여럿이 함께이고 싶은 사람, 그러다 어쩌다 한 번씩 혼자 있고 싶은 사람. 혼자 있다가도 문득 외로워져 누군가와 함께이고 싶은 사람으로 말이다.

산다는 건 외로움의 연속이라지만 꼭 그 외로움을 모두가 잘 견뎌야만 하는 건 아닐 것이다. 원래부터 외롭고 고독한 게 사람이라지만 그 사실이 질리도록 싫을 수도 있을 테니까. 그냥 외로움이 싫은, 그런 사람도 있을 테니까.

부재를
버텨낸 시간

~~~~

~~~~

~~~~

"엄마가 좋아, 아빠가 좋아?"라는 질문에서 나는 언제나 아빠를 고르는 애였다. 엄마는 히스테릭했고 늘 화내기 바쁜 사람이었다. 그렇기에 나는 살면서 그 순위가 전복되거나 재고되리라 생각해 보지 않았다.

아버지는 직업군인, 그것도 장교였다. 그만큼 아빠는 엄한 사람이었지만, 그와 동시에 딸이라면 사족을 못 쓰는 '딸바보'였다. 사춘기를 지독하게 겪으며 엄마와의 불화가 깊어만 갈 때 아빠는 내 편이었다. 지금 와서 생각하면 아빠는 내 편이라기보다는 엄마와의 갈등을 방관했을 뿐이었지만. 어느 해 출장길에 코닥 필름카메라를 사다줘 처음 사진을 접했고 그 덕분에 사진 찍기와 필름카메라를 좋아하게 만들어준 아빠였지만, 음악으로 예고를 가고 싶다는 나에게 서울대 음대에는 가야 한다며 나를 주눅 들게 한 사람 또한 아빠였다.

내가 고등학교 3학년이 되던 해였다. 학교를 마친 나는 남자친구와 시내에 놀러 나가 있었고, 동생은 집에서 과외를 하고 있었다. 정신없이 전화벨이 울릴 때까지도 나는 우리 가족의 삶이 송두리째 뒤집어질 거라고 상상하지 못했다.

엄마였다. 엄마는 아빠가 검찰 수사를 받게 되었다며 얼른 집으로 오라고 말했다. 과외 선생님과 집에 단둘이 있던 동생은 갑자기 들이닥친 경찰들이 집을 쑥대밭으로 만드는 걸 맥없이 지켜볼 수밖에 없었다.

아빠는 차가 막힌다며 보통 내가 일어나기도 전인 꼭두새벽에 출근길에 나서는 사람이었다. 그러고선 내가 잠든 후에야 겨우 퇴근해 들어오곤 했다. 집에 도착하자 문득 아빠 얼굴을 마지막으로 본 게 언제였는지 기억나지도 않는다는 걸 알았다. 언제였는지도 모를 그 시간이

긴 이별의 전야였다는 걸 알았다면 나는 아빠와 무슨 이야기를 했을까.

아빠는 2년 가까운 시간 동안 재판을 받으셨고, 결국 혐의를 벗지 못하고 꼬박 5년을 교도소에 수감돼 계시다 출소하셨다. 아빠는 지독한 사람이었다. 엄마를 통해 동생과 내게 편지 한 통을 보낸 것이 5년간 했던 연락의 전부였다. 엄마와 변호사를 제외하고는 아무도 면회를 오지 못하게 했고, 그 덕에 엄마는 5년 내내 고모들과 할머니에게 아빠를 숨겨놓고 보여주지 않는다는 억울한 소리를 들어야 했다.

엄마는 변호사를 쫓아다니느라 언제나 파김치였고 나와 동생은 고작 고등학생이었다. 우리는 에쿠니 가오리의 소설 제목처럼 '언제든 울 준비가 되어 있었지만' 정작 마음 놓고 울 수는 없었다.

아빠가 없는 하루하루는 더욱더 우울했다. 나는 기분을 핑계 삼아 걸핏하면 야자를 빼먹고 조퇴를 하고 지각을 했다. 그런다고 해서 이미 쪼개져 버린 세상이 또다시 쪼개지지는 않는다는 걸 알아버렸기 때문이었다. 예상대로 별일이 일어나지 않는 하루하루는 지루했고, 나의 집중력과 성적은 우울에 잠식돼 갔다.

원래 희망하던 진로는 청소년학과나 사회복지학과였다. 내가 중학교를 자퇴하지 않은 데 가장 큰 공로를 세운 것이 집 앞의 청소년수련원이었기에, 어찌 보면 자연스럽고 당연한 선택이었다. 하지만 아빠 일이 터진 이후로 나는 갈 곳을 잃고 얼어붙었다. 도저히 사회복지사나 청소년지도사가 되어 세상이 그래도 살 만한 곳이라고 말해줄 자신이 없었다. 당장 죽겠는 세상에서 잇몸이 무너져라 이를 악물어 가며 그저 버텨내는 삶을 살더라도 희망을 잃지 말라고 말하는 것은 기만이라고 생각했다.

배운 게 도둑질이라고, 어쩔 수 없이 문예창작과로 진로를 틀었다. 나는 학창시절 교내 글쓰기 대회에서는 맡아놓고 대상을 탈 만큼 글쓰기엔 자신이 있었다. 문예창작과라면 준비해 볼 만할 것 같았다. 늦은 입시 준비여서 마음이 급했다. 이름 있는 백일장이란 백일장에는 죄다 참가했다. 하지만 마음이 급하다고 해서 쌀이 갑자기 밥이 되진 않는 것이었다. 실내 실외 할 것 없이 더웠던 고등학교 3학년의 여름, 더위를 먹은 나는 방학 내내 열린 백일장에서 대상은커녕 입선 근처에도 가보지 못하고 낙방했다.

조금 서러웠다. 같은 진로를 희망하는 친구들은 첨삭 지도니 특강이니 하며 고군분투 중이었지만 우리 엄마는 한 회에 몇십만 원 짜리 특강을 선뜻 시켜주지 못했다. 나는 엄마에게 방학 기간에 보충 수업을 들으면 내야 하는 급식비를 달라는 소리조차 하지 않았다. 시험장에 가면 이른 시간인데도 아빠가 차로 데려다주는 아이들을 쉽게 볼 수 있었는데, 애써 그들을 외면하는 일조차 내겐 고되고 지쳤다. 아빠가 집에 없다는 사실을 잊어야 한다는 생각조차 지워야 했던 시간이었다.

나는 결국 대학에 바로 가지 않고 1년을 쉬겠다고 선언했다. 그런 내게 엄마는 아무 데라도 좋으니 대학에는 꼭 가야 한다며 거의 빌다시피 나를 설득했다. 엄마는 내가 재수를 하면 더 좋은 학교에 갈 거라고 생각도 하지 않았고, 1년을 쉬면 대학이라는 곳 자체에 흥미를 잃어버릴 거라고 생각했던 것 같다. 게다가 내가 1년을 쉬어버리면 뒤이어 수험생이 되는 동생과 함께 대학을 가야 하니 학비가 두 배로 들 터였다.

하는 수 없이 입에 풀칠이라도 할 수 있을 전공을 찾

아 적성검사 결과지를 뒤적인 끝에 푸드스타일리스트라는 직업을 찾았고, 우송대 외식조리학과에 합격해 대학에 진학했다.

본래의 목적대로 나 하나 먹여 살리는 데는 부족함이 없는 공부였고, 자취 생활도 처음에는 신나고 짜릿했지만 그것도 잠시뿐이었다. 스스로를 매 끼니 먹이고 입혀야 하는 지난함과 오렌지 한 알도 쉽게 사기 어려운 가난은 외로움을 증폭시키기만 했다. 그렇게 1년 반을 다니고 한 학기를 휴학했다. 그 무엇도 버텨내야 하지만 그 무엇도 버틸 수가 없는 지경에서 한 선택이었다.

4학년이 되던 해 여름, 신종플루로 졸업식이 이듬해로 연기됐다. 그리고 거짓말처럼 졸업식이 있기 두 달 전 아빠가 집으로 돌아와 함께 사진을 찍을 수 있게 되었다. 아빠가 집에 오던 날 엉엉 울던 나를 보고 아빠는 뭐 울 일이냐며, 별일 아니라는 듯 마치 아침에 출근했다가 집에 돌아온 사람마냥 무심히 웃었다.

아빠는 아빠가 없는 우리들의 5년을 상상해 본 적이 있었을까. 다 큰 자식이 둘이나 있으니 어떻게 해서든 괜

찾아야 했을 엄마와 일찍 철들어 버린 딸, 심약했지만 더이상 그럴 수 없었던 아들, 뒷바라지를 도맡았던 외할머니. 그리고 남은 가족을 떠올리며 무슨 생각을 했을까.

서로의 부재를 견디며 지낸 시간들이 무색하도록 우리는 서둘러 일상으로 돌아갔다. 아니, 시간이라는 쳇바퀴에 몸을 애써 끼워 넣었다. 시간이 10년도 더 지났지만 우리는 아빠가 없던, 아빠에게 우리가 없던 그 5년의 시간에 대해 이야기하지 않는다.

이상도 하지. 분명 아빠는 돌아왔는데 왜 우리 가족은 여전히 괜찮은 듯 괜찮지 않은 걸까. 왜 우리는 서로를 가졌음에도 아무것도, 아무도 가지지 못한 기분으로 살아가고 있는 걸까.

엄마는
알까

~~~

~~~

~~~

'엄마'라는 말을 떠올릴 때마다 나는 문득 울고 싶어진다. 나뿐만 아니라 많은 K-장녀들이 왜 엄마에게 그런 감정이 드는지, 엄마가 자신에게 어떤 존재인지, 인생의 중요한 시기마다 엄마가 어떤 영향을 끼쳤는지를 쓰자면 별도의 책 한 권이 필요할 것이다.

누군가 우리 엄마는 어떤 사람이냐고 물어보면 나는 '나에게 한정해서 쇠꼬챙이 같은 사람'이라고 대답하겠다. 엄마는 말 그대로 쇠꼬챙이 같은 몸을 가졌다. 꼬장꼬장한 얼굴에 허리 23인치의 꼬장꼬장한 몸. 일부러 나를 찌르려고 하지는 않지만, 가까이 가면 무조건 찔리고야 마는 뾰족한 사람. 엄마도 원래 그런 사람은 아니었을 텐데, 그렇지 않았을 시절이 너무 오래돼서 이제는 쇠꼬챙이 같지 않았던 엄마의 모습이 희미하기만 하다.

엄마는 스물일곱, 당시로는 늦은 나이에 아빠와 선을 봐서 결혼했다. 엄마는 아빠가 잘생겨서, 아빠는 엄마가 가슴이 커서 반했다고 했다. 그렇게 결혼해서 얼마 지나지 않아 엄마는 허탈하게 첫 아이를 유산했다. 아이를 가진 줄 모르고 장례식장에서 무리한 탓이었다. 한번 약해진 몸은 쉽게 괜찮아지지 않았고, 그 탓에 계속 줄줄이 유산을 했다. 그러다 나를 가졌고, 나를 못 낳으면 다시는 아이를 갖기 힘들 거라는 의사의 말에 임신 기간 내내 링거를 꽂고 누워만 있다시피 지냈다. 그렇게 태어난 애가 나였다.

온 집안의 경사였다. 장남의 첫째고 외가의 첫 손녀였다. 나는 집안 식구들의 애정을 독차지했다. 어린 시절 사진 속의 나는 늘 누군가에게 안겨 있었으니까.

내 첫 기억은 네 살쯤, 아빠와 동생과 눈이 잔뜩 온 놀이터에서 그네를 타면서 시작된다. 엄마는 어디에 있었더라. 잘 기억나지 않는다. 엄마와의 첫 번째 기억은 발레학원에 가기 전 햄버거를 사줬던 것이다. 동생과 함께였고, 찡찡거리는 동생을 어르고 달래느라 엄마는 조금 정신이 없었다. 그 순간 엄마는 나에게 다정했던가? 아니면 쌀쌀맞았던가?

어린 시절의 내가 엄마를 어떻게 느꼈었는지 도무지 기억이 나질 않는다. 어느 시점까지는 엄마가 내게 다정했던 것도 같은데, 그 시절은 뿌옇게 퇴색돼 오래된 흑백사진 같아져 버렸다.

그리고 어느 순간을 기점으로 엄마는 불행해졌다. 이유는 알 수 없으나 엄마가 가진 불행의 그림자는 짙고 길어서 우리 가족을 모두 뒤덮고도 남았다. 학교에서 돌아와도 집에 엄마가 없는 날이 많았고, 엄마는 자주 짜증을 냈다. 어느 일요일, 일찍 일어나 만화영화를 보고는 배가 고파져서 엄마를 깨우자 엄마는 식탁 위에 식빵이 있다고 했다. 도무지 잼을 찾을 수 없어 엄마를 재차 깨웠더니 엄마는 날카로운 목소리로 "대체 왜 이걸 못 찾아서 난리야"라며 찾아 든 잼을 식탁에 쾅 하고 내려놓았다. 그때 내가 울었는지, 아니면 엄마랑 싸웠는지는 이제 모르겠지만 하나 분명한 건 그날을 기점으로 계속해서 악몽에 시달렸다는 것이다.

꿈속에서 나는 어딘가에 갇혀 있었다. 어느 날은 혼자였고 어느 날은 동생과 함께였다. 아무리 외쳐봐도 대꾸하는 사람조차 없는 텅 빈 곳이었다. 거의 1년이 넘도록 악몽은 계속됐고 나는 자다 깨서 우는 날이 많아졌다. 하루는 잠에서 깼는데 다시 같은 꿈을 꿀까 무서워 엄마 옆으로 가서 새우잠을 자기도 했다.

어느 날 학교에서 수영대회 참가자를 모집하고 있기에 지원을 했다. 입수를 배우거나 전문적으로 수영 수업을 받은 적 없는 나로서는 꽤 대담한 도전이었다. 아빠에게 주말을 빌려 겨우 스타트와 턴을 배우고 떨리는 마음으로 대회 당일을 맞았다. 출발선에 서서 나는 적어도 4등은 하겠지, 하는 기대를 품고 있었다. 하지만 입수하자마자 물안경이 벗겨져 버렸다. 물안경을 찾아 꼈을 때 다른 아이들은 이미 반 바퀴를 돌아 출발선으로 돌아가고 있었다. 그럼에도 멈출 수는 없었다. 나는 마지막으로 들어올지언정 꿋꿋하게 완주해 냈다.

그날 밤 결과를 묻는 아빠에게, 엄마는 깔깔거리며

얘가 물안경이 벗겨져서 뒷 조 애들이 출발도 못 하고 기다리고 있었다는 이야기만 했다. 그날의 기억은 날카로운 압정같이 남아, 비슷한 추억이나 시절을 떠올리면 늘 꼭 찔리고야 마는 것이 되었다.

엄마가 비 오는 날 우산을 가지고 오는 것은 바랄 수도 없었다. 비를 쫄딱 맞고 돌아와 감기에 걸린 적도 많았다. 보통 이야기하는 '우산을 들고 학교 앞에서 나를 기다리는 다정한 엄마'는 내게 존재하지 않았다.

사춘기에 접어든 후 나와 엄마는 지옥에서 온 악마같이 싸워댔다. 우리는 아주 작은 것부터 큰 것까지 사사건건 부딪쳤다. 내가 엄마와 비등한 체격이 되고 나서부터는 가만히 맞고만 있지 않았기에 우리의 싸움은 끝날 줄을 몰랐다. 아니, 애초에 화해한 적 없는 사이처럼 멀어져 갔다.

그렇지만 엄마는 나와 내 동생을 먹이는 일만큼은 소홀함이 없었다. 중학교 때 급식이 맛없어서 도시락을 먹겠다고 했더니 엄마는 전혀 싫은 내색 없이 몇 년이나 도시락을 싸줬다. 김치 두 가지에 국과 마른반찬은 필수였고, 매번 새로운 메인 메뉴가 들어 있었다. 고등학교에 가서도 도시락을 안 가져온 날이면 근처 돈가스 집에서 돈가스 정식을 포장해 와서는 내가 다 먹을 때까지 보고 가기도 했다.

대학 시절 내내 엄마는 한 번도 먼저 전화해서 안부를 묻거나 밥을 먹었느냐고 묻지 않았다. 하지만 외할머니에게 받은 용돈을 잃어버려 속상해하며 울던 내게, 잃어버린 만큼의 돈을 통장에 넣어준 뒤 괜찮으니까 앞으로는 돈 간수 잘하라는 말을 남기곤 전화를 툭 끊기도 했다. 엄마는 알 수 없는 사람이었다. 냉엄한가 하면 살뜰했고, 휘어지지 않을 것 같이 단단하다가도 휘청였다.

결혼을 준비하며 엄마에게 아무것도 해줄 필요 없다고 말했다. 진심이었다. 애초에 해줄 형편도 아니었지만, 엄마의 도움을 받아 인생의 새 챕터를 시작하고 싶지는 않았다. 그렇지만 엄마는 엄마였다. 괜찮다는 내게 기어이 냉장고며 침대, 밥솥, 소파, 청소기까지 사주고서야 뭘 더 사주기를 멈췄다.

살면서 살림을 하나하나 채워갈수록 엄마 생각이

났다. 작은 가전 하나 바꾸는데도 이렇게 손이 벌벌 떨리는데, 하나뿐인 딸이 결혼한다고 거금을 썼을 엄마가 짠했다. 어느 날 엄마에게 나 결혼할 때 이것저것 해주느라 고생했겠다고 했더니 엄마는 더 해줄 능력이 없어서 못해준 게 문제지, 고생은 무슨 고생이냐며 퉁퉁거렸다. 왜인지 눈물이 날 것 같은 기분이었다.

쇠꼬챙이 같던 엄마는 이제 60대 중반이 되었다. 이제 우리는 더 이상 짜증내며 통화하지 않는다. 그 대신 엄마는 자꾸만 나에게 뭔가를 묻거나, 인터넷 쇼핑을 해달라거나, 엄마가 키우는 고양이들의 발톱을 깎일 때가 되었다며 연락해 온다(엄마는 고양이 두 마리를 키우는데, 키운 지 4년이 넘어가는데도 아직 발톱을 깎을 줄 모른다). 하지만 어쩐지 누그러진 엄마의 말투는 익숙하지 않다. 나도 모르게 대화하다 말고 언성을 높이다가 혼자 머쓱해지곤 한다.

주변 친구들이 엄마랑 다정하게 통화를 하는 걸 보고 있으면 가끔 부럽다는 생각이 든다. 엄마와 내가 좀 더 가까웠다면 어땠을까. 그러면 내 삶은 지금과는 달랐을까. 엄마의 인생에 어둠이 깔리지 않았다면 우리는 좀 더

화목한 가족이 되었을까. 나보다 먼저 가진 자식들을 유산하지 않고 나를 낳지 않았더라면 어땠을까. 나 아닌 다른 자식을 낳았다면 엄마는 좀 더 행복했을까.

엄마는 알까. 내가 엄마를 너무나 사랑한다는 것을. 그리고 그 사랑을 어쩌지 못해 늘 고통스러우며, 그 사랑을 되돌려 받지 못해 늘 우울하다는 것을. 아니, 엄마는 이런 나에 대해 알고 싶긴 할까.

스님
할아버지

~~~~

~~~~

~~~~

초등학교 고학년인가 중학생인가 되었을 때, 아빠에게 "아빠, 집에 자주 오시는 스님이 외할아버지야?"라고 물은 적이 있다. 그러자 아빠는 여태껏 그걸 몰랐냐는 표정으로 "어"라고 시큰둥하게 대답했다.

　　우리 외할아버지는 스님이시다. 정확히는 스님이셨다. 엄마가 결혼하고 나서 외할머니와 외할아버지는 헤어지셨고, 그 후부터 김천의 한 암자에서 생활하셨다고 한다. 방학이면 친척들과 다 같이 절에 놀러가 계곡과 법당 앞에 있는 물동이로 물장난을 쳤다. 겨울에는 스님들 공부하시는 법당 앞의 실개천에서 스케이트를 타고 놀다가 스님들께 혼이 나기 일쑤였다. 하지만 아무도 알려주지 않았다. 우리 가족 구성원이 어떻게 이루어졌으며 어떻게 살아가고 있는지, 어떤 이유로 어떤 결정을 내려 지금의 형태가 되었는지.

우리 가족은 스님과 왕래가 잦았다. 스님은 서울에 볼일이 있을 때면 우리 집에서 주무시고 가기도 했고, 우리도 1년에 한 번은 절에 들러 인사를 드렸다. 물론 스님과 외할머니의 분위기는 데면데면했지만 눈에 띄게 원수같아 보이지는 않았다. 나중에야 안 일이지만, 외할아버지는 6·25 전쟁 이후 사업을 하시다 실패하고 건강이 안 좋아지셔서 불교에 귀의하시게 된 모양이었다. 어쩜 그토록 뻔한 전개인지. 외할머니는 그 후로 자수성가하셔서 두 딸을 다 대학공부까지 시키고 결혼도 시키셨다.

스님이 외할아버지라는 것을 알게 된 계기도 어느 날 발견한 엄마와 이모의 결혼식 혼주 사진에 있는 스님의 얼굴 때문이었다. 아무리 봐도 스님이 혼주석에 있을 이유는 엄마와 이모의 아빠, 그러니까 나의 외할아버지이기 때문이란 것이 합리적 추측이었고, 그것은 아빠의 "어" 한마디로 사실이 되었다.

할아버지는 스님이셨지만 여느 스님과 달랐다. 검소하고, 무소유를 실천하고, 깨달음을 향해 나아가시기도 했겠으나 겉으로는 그저 매일 동네에서 볼 수 있는 할아버지랑 별반 다르지 않았다. 단 걸 좋아하고 입이 짧아 같은 반찬은 두 번 드시지 않고 먹고 싶은 것이 늘 명확하신 분. 그게 나의 외할아버지였다(먹고 싶은 것이 늘 명확한 나의 특성이 어디에서 온 유전자인가 했더니, 외할아버지로부터 나온 게 분명했다).

한번은 디스크 수술을 받으셔야 했는데, 내가 대학을 대전에서 다니고 있으니 병간호를 할 사람이 있다는 이유로 김천에서 대전까지 올라와 수술을 받으셨다. 하지만 수술이 원래 그렇듯, 수술 직후에는 당연히 거동이 불편해지는데 죽어도 소변줄은 안 끼우겠다고 고집을 피우시는 탓에 화장실에 갈 때마다 부축을 해드려야 했다.

퇴원 후 곧바로는 앉아서 오래 이동할 수 있는 상태가 아니었기에 할아버지는 별 수 없이 당분간 내가 자취하는 원룸에서 지내셨다. 대충 있는 반찬을 꺼내 밥을 차렸더니 몇 숟갈 드시지도 않고 수저를 놓으셨다. 입이 깔깔하다고 하셨다. 보다 못한 이모가 대전까지 한달음에 달려왔다. 김치며 생선이며 먹을 걸 잔뜩 가져와 차려놓은 밥상 앞에서야 할아버지는 식사다운 식사를 하셨다.

즐거운 기억도 있다. 대학생 때, 친구들과 기차를 타고 전국일주를 하는 내일로 티켓을 끊어 방방곡곡을 다니다 할아버지가 계신 암자에서 하루를 신세지기로 했다. 지금 생각하면 대단한 민폐인데도 할아버지는 편히 있으라며 대중방을 내어주시고 비 오는 산자락을 보며 차를 내려주셨다. 그러고는 다락에 숨겨둔 과자며 달다구리한 간식들을 꺼내 먹으라며 한껏 쥐어주셨다.

달다구리 간식에 대한 추억은 또 있다. 잔병치레가 많으셨던 할아버지는 담석 제거 수술을 받으러 서울에 올라오셔서 우리 집에 며칠 머무르신 적이 있다. 할아버지는 내게 정확히 어느 브랜드의 면도기와 손거울, 바밤바와 로이스 웨하스(롯데 웨하스가 아닌 수입품 로이스 웨하스를 콕 집어 말씀하셨다)를 사다달라고 하셨는데, 약속이 있어 늦게 들어가느라 그 심부름을 깜빡하고 말았다. 그게 할아버지의 마지막 부탁이었다.

그러고 얼마 지나지 않아 할아버지는 암자에서 쓰

러진 채로 발견되어 대구의 한 병원으로 이송되셨다. 뇌출혈이었다. 우리 가족은 전부 대구로 내려갔다. 중환자실에 계셔서 면회라고는 하루에 한 번이 전부였다. 손을 잡아드리니, 할아버지는 나를 알아보시는 듯 내 손을 꼭 쥐어주셨다.

담당 의사는 서울로 이송하겠다는 우리 가족을 위험하다는 이유로 완강히 만류했다. 결국 할아버지는 대구에서 수술을 하셨고, 수술은 썩 성공적이지 못했다. 수술 중에 혈관이 터졌고, 수습을 하긴 했지만 피가 뇌에 자연스럽게 스며들어야 한다고 했다. 그리고 우리는 병간호를 위해서라도 할아버지를 서울로 모셔야 했다. 아무 연고 없는 대구에 할아버지 혼자 병원에 둘 수는 없는 노릇이었다.

사설 앰뷸런스로 모셔온 할아버지는 서울의 큰 병원에 입원하셨다. 여든이 넘은 노인이 감당하기엔 긴 여정이었다. 할아버지는 날로 쇠약해지셨다. 마비가 와서 말씀을 못 하셨고, 간병인이 상주하며 옆에서 수발을 들어야 했다. 우리 가족은 할아버지를 이대로 병원에 모실지, 요양병원으로 옮길지 결정해야 했다. 병원에서는 더 이상 병원에서 해줄 수 있는 것이 없다고 말했다. 드라마에서나 듣던 대사였다. 그 말은 곧 삶이든 죽음이든 그것을 선택하거나 결정하는 것은 인간의 몫이 아닙니다, 하는 것처럼 들렸다.

우리는 당장 들어갈 수 있는 요양병원을 찾았지만 그런 게 있을 리가 만무했다. 자리가 있는 곳은 지나치게 비쌌다. 하는 수 없이 우리는 할아버지를 엄마네 집에 모셨다. 엄마는 입버릇처럼 곧 돌아가시고 싶다며 초조해했다. 나는 왜 재수 없게 아직 뭘 다 해보지도 않았는데 저렇게 확정적으로 이야기를 할까 싶어 마음이 언짢았다. 하지만 엄마는 엄마였다. 딸의 촉이란 그런 것이었다. 할아버지는 며칠 정도는 그럭저럭 괜찮게 지내시는 듯했지만, 얼마 안 가 링거 바늘이 꽂힌 손을 바닥에 내리치기 시작하셨다. 바늘을 뽑아달라는 시위였다.

온 식구가 집에 모였다. 임종이 정말 가까이 와 있었다. 엄마는 근처 다니던 절에 잠시 불경 테이프를 가지러 갔고, 할아버지는 아주 약하게 숨을 들이쉬고 내쉬고 있었다. 나는 집 근처 카페에서 연락을 기다리고 있었는데 아빠에게 전화가 왔다. 할아버지가 임종하셨다고.

나는 서둘러 집에 들어갔는데, 그때까지도 엄마는 아직 집에 돌아오지 못한 채였다. 아빠는 외할아버지의 턱이 벌어지지 않도록 잡고 있었고 이모는 불경을 외고 있었다. 어느 것 하나 죽음이 여기에 깃들어 있다는 느낌을 주지 않았다. 그저 나지막하게 잠자듯 누워 있는 할아버지를 바라봐도 그가 세상에 더 이상 존재하지 않는다는 생각을 할 수 없었다. 육신이 이토록 멀쩡히 여기에 존재하는데 임종이라니. 받아들이기 어려운 개념이었다.

아빠와 이모는 오고 있는 엄마에게 전화해서 임종을 알려봤자 길에서 실신하기만 하지 별 도움이 되지 않는다고 생각했는지, 엄마가 오기까지 연락하지 않고 기다렸다. 얼마 후 집에 돌아와 할아버지의 죽음을 목도한 엄마는 쓰러져 울었다. 오고 있었는데, 최대한 빨리 온다고 왔는데 왜 그렇게 급하게 가셨냐며 엉엉 울었다.

이윽고 장례식이 치러졌다. 외할아버지가 지내시던 절의 큰스님, 주지스님과 도반스님(같이 수학하던 동문)들이 오셨다. 장례는 3일이었다. 한여름이었다.

엄마에게는 아빠가 있었고 이모에게는 딸이 있었는데 내게는 아무도 없었다. 나도 어딘가에 기대 슬퍼하고 싶었는데, 외할아버지를 잃은 손녀의 슬픔은 너무 먼 차례의 것이었다.

장례를 치르고 화장을 마친 뒤 유골을 안고 나오는 아빠는 울고 있었다. 스님이 계시던 암자가 있던 산에 유골을 뿌려드리기로 결정이 되었다. 불경을 외고 짧은 의식이 끝나자 식구들 모두 왕생극락을 외치며 유골을 뿌렸다. 화장터에서 나와 한참의 시간이 지났음에도 유골은 장갑을 끼고도 손을 델 것처럼 뜨거웠다. 그 뜨거운 감각만이 세상에 외할아버지가 존재했던 증명 같았다.

장례를 치르고 무심코 들어간 편의점에서 로이스 웨하스를 발견한 나는 주저앉아 울었다. 그게 뭐라고. 그냥 좀 귀찮아도 사다 드릴걸. 이렇게 웨하스를 볼 때마다 부채감에 시달릴 것을 알았다면 그때 잊지 말고 사다드릴 것을.

할아버지는 아셨을까. 내가 이토록 후회할 거라는 걸. 몇 년에 한 번 얼굴을 봤을 뿐일 당신을 이토록 그리워할 거라는 걸. 여름이 오면, 비가 오는 날이면 생전 할아버지라고 부를 수 없던 당신과 마신 차가 생각날 거라는 걸 말이다.

친구를
친구라 부르지 못하고

～～～

～～～

～～～

사람들은 내게 이 동네 마당발이시잖아요, 친구 많으시
잖아요, 라고 말한다. 하지만 정작 나는 친구라고 이야기
할 만한 사람이 많지 않다. 아닌 말로 나는 상대방을 친구
로 생각하는데, 그 사람은 나를 친구로 생각하는지 아닌
지 알 수 없는 것 아닌가.

　　유치원이나 학교에서 만나 "안녕, 나는 누구야. 나
는 네가 마음에 들어. 우리 친구 하자. 앞으로 친하게 지
내"라고 말하지 않는 한 어느 시점부터 우리가 친구인지
알 수 없다. 지인과 친구 사이의 모호한 경계선 위에서 아
슬아슬한 줄다리기를 할 뿐이다. 밥을 몇 번 먹어야 친구

인지, 말을 놓으면 친구인지, 사는 집에 가보면 친구인지, 대체 얼마나 친해야 상대를 친구라고 말해도 되는지는 아무도 알려주지 않으니 말이다.

게다가 나는 학창 시절 오랜 시간 동안 왕따였다. 따돌림을 당하는 데는 큰 이유가 필요하지 않다. 권력을 가진 아이가 나를 좋아하는지 아닌지만이 중요했다. 때로는 그게 학교 전체거나 반 전체가 되기도 했다. 초등학교 시절 한번은 레이스 원피스를 입고 갔다고 왕따를 당하기도 했다. 억울했지만 별 도리가 없었다.

도시락 반찬을 나눠 먹지 않았다고 왕따를 당한 일도 있었다. 여기에는 억울한 사정이 있다. 점심시간에 둘러앉아 도시락을 먹는데, 반찬을 바꿔 먹자고 해놓고는 내 반찬만 쏙쏙 집어 가고 자기 반찬은 내놓지 않는 비양심적인 애들이 많았다. 인간적으로 나 먹을 반찬은 남겨줘야 하는 거 아닌가. 아무리 그래도 김치만 놓고 밥을 먹게 반찬을 다 가져가 버리는 건 너무하지 않느냐는 말이다. 그리고 상도덕이 있지, 반찬을 가져갔으면 자기 반찬 하나를 바꿔주는 성의 정도는 있어야 하는 것 아닌가. 해서 혼자 학교 뒤뜰에서 밥을 먹기 시작했더니 본의 아니게 반찬 하나 나눠 먹지 않는 치사한 애가 되어 왕따를 당하게 됐다.

그런 경우도 많았다. 자기가 좋아하는 남자애가 나를 좋아한다는 이유로 나에 대한 헛소문을 퍼트리고 다니거나 내 욕을 하고 다니는 경우. 이럴 때는 더욱 씁쓸했다. 보통 그냥 대충 아는 정도의 사이인 애보다는 정말 친했던 친구가 그러는 일이 많았기 때문에 타격의 정도가 훨씬 컸다. 잘 안다고 생각한 사람에게 배신당하는 경험은 결코 굳이 겪어볼 필요 없는 일이다. "왜 그랬어?"라고 물을 기회조차 얻지 못하고 멀어진 사람들은 말이 없었다. 그저 뒷담화를 해댈 뿐이었다.

나는 학교를 정말이지 그만 다니고 싶었다. 아무도 나를 모르는 곳으로 가버리고 싶었다. 그래서 선택한 것이 예고 진학이었는데, 그마저 좌절되자 어찌할 바를 몰랐다. 그러다 집 근처 공고에 가면 어떨까 생각했다. 그 당시만 해도 실업계는 대학 진학률이 높지 않았기에 어지간히 공부를 못하거나 집안 사정이 안 좋은 게 아닌 이상 대부분이 인문계에 진학하던 때였다. 엄마도 담임 선생님도 모르게 공고의 건축과 주임 선생님과 상담했다. 그 선생님은 내가 입학한다면 장학금도 받을 수 있다고 이야기했다. 하지만 원서를 쓸 때가 돼서 실업계에 가겠다고 했더니 담임 선생님과 엄마 둘 다 난리가 났다. 대체 왜 그러는 거냐, 그래도 고등학교는 인문계를 가야 한다, 성적도 나쁘지 않은데 대체 왜 실업계를 가겠다는 거냐며 나를 뜯어말렸다.

나는 나의 어중간한 성적이 싫었다. 어중간한 친화력 역시 싫었다. 사람들에게 이유 없이 미움받는 것도, 그걸 견디지 못하는 나 자신도 싫었다. 실업계 진학은 최적의 도피처 같았다.

하지만 끝내 엄마와 담임 선생님의 만류를 이기지는 못했다. 담임 선생님은 일단 인문계에 가고, 정 아닌 것 같으면 후기로 입학하는 방법도 있으니 인문계 원서를 쓰자고 나를 타일렀다. 나는 결국 설득을 이기지 못하고 인문계에 진학했다.

나는 기적처럼 학교에 적응했다. 애들과도 잘 지내는 듯했고 1학기 반장으로 선출되기까지 했다. 하지만 두려움은 없어지지 않았다. 언제 모두 내게 등을 돌릴까, 언제쯤 나를 미워하게 될까, 나를 떠나게 될까 하는 공포는 늘 내 뒤통수를 따라다녔다.

아니나 다를까, 하지 말라는 건 안 하는 성격의 나는 아이들과 선생님들 사이에서 중심을 잡지 못하고 휘청거렸다. 아이들에게 인기 있는 반장이 됨과 동시에 선생님들에게 사랑받는 제자가 되는 것은 『수학의 정석』보다 어려웠다. 그냥 내가 되기에도 버거웠던 열일곱 살, 내 생애 최초이자 마지막이었던 반장이라는 타이틀은 여름방학의 시작과 함께 무심히 끝나버렸다.

반장을 하면서도 나는 학교에, 반에 속해 있지 않은 기분이었다. 어떻게 해서든 학교를 그만두고 싶다는 말이 매일매일 입가에 맴돌았다. 나는 악수惡手를 두는 마음으로 학생회에 들었다. 면접에서 가입 동기를 솔직하게 말했다. 어딘가에 소속돼 있으면 학교에서 벗어나고 싶다는 생각을 멈출 수 있을 것 같다고. 솔직함이 좋게 보였는지 어쨌는지 모르겠지만 나는 면접에 붙어 학생회가 되었고, 그 덕분에 고등학교를 겨우 졸업했다고 해도 과언이 아니다.

나에게 한번 맺은 관계를 유지하는 것은 용이 지키는 성에 갇힌 공주를 구하는 일만큼이나 쉽지 않다. 나는 경계성인격장애를 갖고 있다. 경계성인격장애는 자아상과 대인 관계, 정서가 불안정하고 충동적인 특징을 갖는 성격장애다. 부연 설명을 하자면, 관계 의존적이며 다른 사람들의 평가를 예민하게 받아들이고 사람에게 버림받는 것에 대한 공포가 굉장하다.

　　진단을 받은 것은 2년 전쯤이었다. 자살사고가 심해져 대학병원 정신과에 입원했는데 그때 여러 가지 검사를 하면서 내 상태를 알게 되었다. 알게 되었다고 해서 특별히 달라진 것은 없었다. 약물치료를 계속 받고 있고, 인연이란 만났다가도 흘러가게 마련이라고 생각한다. 하지만 나는 여전히 어딘가 모를 기우뚱한 느낌으로 살아간다. 그렇기에 불안하고 어지럽다.

　　SNS 팔로워가 줄어드는 것이 실제 나의 친구 수가 줄어든다는 뜻은 아님에도 나는 마음이 덜컥 내려앉는다. 게다가 연예인은 아니지만 일반인보다는 좀 유명한, 어중간한 팔로워와 인지도를 가진 나는 대중들의 입에 오르내리기 아주 쉬운 위치에 있다. 나를 누군가 욕하고 싫어한다고 하더라도 구태여 찾아보지 않으면 그런 사람이 있는지 알 길이 없는데, 그걸 굳이 굳이 찾아보고야 마는 사람. 그게 바로 나다. 사람들이 나와 내가 하는 일을 어떻게 생각할지 매일매일 궁금하고 걱정된다. 그렇기에 나는 매일같이 에고 서치(자신의 평판을 인터넷에서 반복해서 확인하는 행위)에 나선다.

내게 있어 누군가와 멀어진다는 것은 커다란 두려움이다. 마치 한 치 앞을 내다볼 수 없는 짙은 암흑에 빠진 기분이다. 상대를 친구로 인식하게 되면 더욱더 불안하고 두려워진다. 어둠에 빠질 확률이 조금이라도 높아졌다는 뜻이기 때문이다. 그렇기에 애초에 어둠에 빠질 일이 없도록 한 발짝 상대와 거리를 둔다.

내게 있어 버림받는다는 것은 세상을 잃는 것이다. 그래서 세상을 잃는 슬픔을 겪느니 차라리 조금 거리감 있는 관계 속에 나를 두는 편이 안전하다고 느끼는 것, 그게 내가 앓고 있는 이 지랄맞은 병의 문제점이다.

오늘도 나는 병원에서 잔소리를 잔뜩 듣고 돌아왔다. 대인 관계 의존성을 낮추고, 블라블라. 하지만 선생님, 제가 그걸 몰라서 이러고 있겠습니까? 자기파괴를 위해 이런 상태에서 일부러 벗어나지 않고 있겠습니까? 저도 알지만 쉽지 않다고요. 홍길동도 아니고, 친구를 친구라 부르지 못하고 지인을 지인이라 부르지 못하는 제 마음에 선생님은 진심으로 공감하실 수 있느냔 말입니다.

우울증은 절대
혼자 오지 않는다

~~~~~
~~~~~
~~~~~

인생의 어떤 이벤트도 혼자 찾아오는 법은 없다. 꼭 꼬리처럼 뭔가를 함께 달고 온다. 기쁨이 있으면 슬픔이 있는 것처럼, 만남이 있으면 이별이 오는 것처럼, 낮이 있으면 밤이 있는 것처럼.

    우울증도 절대 혼자 오지 않는다. 우울증(혹은 우울증 약)은 어떤 이에게는 불면증을, 어떤 이에게는 집중력 저하를, 또 다른 이에게는 소화불량이나 메스꺼움을 가져다준다(이 증상들은 우울증이 직접 촉발하거나 우울증 약이 주는 일부 부작용이다). 보통은 저 모든 증상을 약하게 겪고 그중 한두 가지 증세가 뚜렷이 나타나게 마련인데, 내 경우는 인지 기능 저하가 가장 큰 문제였다.

　기억력 장애, 집중력 장애가 크게 두드러졌는데 그 중에도 기억력 장애는 심각했다. 처음 우울증과 공황 발작으로 쓰러진 이후로 몇 개월간의 기억이 통째로 사라진 데다, 지금도 연도와 일어난 일을 연결 짓지 못한다. 어제 친구들과 나눴던 대화를 기억하지 못하거나 대화 중에 말하고자 하는 특정 단어를 떠올리지 못한다. 게다가 일정은 적어두지 않으면 아예 기억하지 못하거나, 적었다고 하더라도 적어놓았다는 사실마저 잊어버린다. 마치 백업하다가 '빽이 난' 컴퓨터 하드처럼 군데군데 데이터가 지워져 버리곤 한다.

　잊어버린 당시에는 큰 문제를 느끼지 못하지만, 아주 시간이 많이 지나고 나서 기억이 되살아나면 그때는 머리를 쥐어뜯으며 나 자신을 책망한다. '왜 그랬어, 왜 그랬냐고. 그렇게 중요한 걸 어떻게 잊을 수가 있어!'

　하지만 이미 일은 벌어졌고 시간은 한참 지난 후다. 되돌릴 수 있으면 좋겠지만, 나는 영화 「백 투 더 퓨처」 속의 타임머신 '드로리안' 같은 건 갖고 있지 않으니까, 그저 망연자실할 뿐 어쩔 도리가 없다.

스트레스를 크게 받으면 기억력 감퇴는 더욱 심해진다. 에너지를 많이 써서 내 능력 밖의 일을 해내야 하거나 하고 싶지 않은 일을 맞닥뜨렸을 때, 너무 많은 일을 하고 있는 와중에 일감이 추가적으로 생겼을 때 등 스트레스 상황은 무궁무진하고, 잊어버리는 정보의 양은 그에 정비례하고 만다.

그도 그럴 것이 사무실 출근하기, 고객 응대하기, SNS에 꾸준히 글 올리기, 다음 책 기획하기, 신상 사업 준비하기, 자체제작 상품 기획하기, 고양이 약 주고 간식 주고 놀아주고 화장실 치워주기, 청탁받은 외부 원고 쓰기, 에세이 원고 쓰기, 강의 요청이 들어오면 강의 자료를 만들고 강의에 다녀오기, 주말이면 남편과 시간 보내기, 내과·정신과·정형외과 다녀오기, 요가하기, 집안일하기 등할 일은 늘 여기서 늘었으면 늘었지 줄어들지는 않는데, 새로운 일은 언제 어디서 생겨날지 모르니 스트레스를 안 받는 게 더 이상할지도 모른다.

이쯤 되면 누군가는 우울증이 문제가 아니라 하고 있는 일이 많아서 그런 건 아니냐고 말할지도 모른다. 하지만 아무리 그래도 이 정도로, 지우개로 싹싹 지워낸 것처럼 머릿속이 깨끗해지는 일이 비일비재하면 문제가 있는 게 아닐까.

마치 과부하가 온 컴퓨터처럼, 일정량 이상의 정보가 들어오면 어김없이 일부 데이터를 날려버리는 내 머릿속을 끄집어내서 찬물에 싹싹 헹군 다음 다시 집어넣고 싶을 지경이다. 그러면 좀 덜 잊고 살게 될까. 앞으로는 더 이상 일이나 친구를 잃지 않고 살 수 있지 않을까.

잃은 기억들이 아쉽다가도 이미 일어난 일인데 어쩔 텐가 싶을 때도 있다. '잊을 만하니까 잊었겠지', '그다지 중요한 건 아니었을지도 몰라', '그 많은 걸 어떻게 머리에 넣고 살겠어'와 같은 말들로 나를 위로해 보기도 한다. 그렇지 않고서는 자괴감과 죄책감에 미쳐버리고야 말 것 같은 날들이 때때로 찾아오기 때문이다.

집중력 장애 또한 심각하다. 친구들이 말을 하면, 앞에 한 말은 기억하는데 뒤에 한 말은 전혀 머릿속에 들어오지 않기도 한다. 어떤 일에도 집중이 잘 안 되고, 집중이 안 되니 의욕이 떨어진다. 멀티태스킹이 불가능한 것은 말할 필요도 없다.

그러다 보니 하고 싶은 일이 없는 상태, 무기력한 날

들이 지속된 지 오래다. 나는 그 감각 사이로 침잠했다. 뭐든 잘해야만 하는 사람이 뭐든 제대로 할 수 없게 되면 아무것도 할 수 없거나 하고 싶지 않다는 것을 알게 됐다. 그저 잠만 자는 날들이 늘어났다. 하루에 스무 시간을 잔 적도 있다.

시간이 지나니 무기력해서 집중할 수 없는 건지, 집중할 수 없어서 무기력한 건지 분간이 가지 않았다. 나는 어느 순간 마음을 놓아버렸다. 내가 노력한다고 되는 일이 아니란 느낌이 든 순간부터였다. 내 뇌에 일정 부분 손상이 발생했다는 사실을 이제는 받아들여야만 했다.

그 이후로 나는 마음을 조금 편하게 먹게 되었다. 기억하지 못한 약속들도 그저 바빠서 지키지 못한 것처럼 둘러댈 줄도 알게 되었고, 집중하지 못해서 놓쳐버린 말은 "미안한데 다시 한번 말해줄래?"라고 부탁할 용기를 낼 수 있게 되었다. 집안일은 2주에 한 번 청소 매니저님을 부르고, 이제는 조금 집이 지저분해도 그러려니 한다. 사무실 출근일도 매일에서 주 3회로 줄였다. 인스타그램은 의무적으로 해야 한다는 생각에 언제부터인가 아이콘만 봐도 현기증이 나 휴대폰 어딘가에 꼭꼭 숨겨두고 어쩌다 한 번씩 들여다보곤 했는데, 이제는 그래도 제법 마음이 여유로워졌는지 가뭄에 콩 나듯 게시물을 올려도 부담감의 나락으로 떨어지지 않는다. 매출은 여전히 고민이지만, 아직은 어찌저찌 버티고 있다.

우울증으로 많은 것을 잃었지만 그중에서 가장 큰 손실은 나 자신에 대한 확신일 것이다. 안 그래도 나는 자기 확신이 없었는데, 우울증에 걸리자 내가 하는 일이 맞는지, 제대로 가고 있는지 늘 뒤를 돌아보게 되었다. 그러다 보면 조금씩 나도 모르게 뒷걸음질을 친다. 어느 날은 비에 쫄딱 맞은 것 같은 기분으로 오도 가도 못한 채 그 자리에 서서 어쩔 줄 모르는 나를 발견하곤 한다.

마치 나침반을 잃은 채 항해하는 선원처럼 나는 방황하고 부유한다. 어떤 일을 결정할 때면 이게 맞는 선택인지 아닌지 고민하는 시간이 길어졌다. 예전처럼 '일단 해보고 안 되면 그때 가서 생각하는' 김지양은, 씁쓸하지만 이제 존재하지 않는다. 하지만 마치 영화 「라이프 오브 파이」 속 망망대해에서 만나는 수많은 사건처럼, 어떤 사건은 도리어 살아갈 의욕을 주기도 하고 어떤 일은 자연

앞에 그저 무기력할 뿐인 나를 여실히 드러내기도 한다.

자기 확신을 되찾으려는 노력은 안 하고 있다. 그저 때가 되면 언젠가 어련히 돌아오겠거니 할 뿐이다. 정확히 말하면 그렇게 하는 것 말고 내가 할 수 있는 일이 많지 않다. 좋게 생각하자면 우울증이 나를 아주 신중한 사람으로 만든다는 것이다.

인간이 일정량 이상의 고통을 겪으면 몸에서 자연스럽게 고통스럽거나 기억하고 싶지 않은 것들을 지워버린다는 가설을 믿는다. 나는 이것이 상실이 아니라 자연스러운 악몽의 제거라고 생각하기로 했다.

내게 우울증은 기억력·집중력 감퇴와 함께 찾아왔다. 그리고 자기 확신을 앗아간 대신 신중함과 겸손함을 갖게 했다. 득보다 실이 많은지 어떤지는 알 수 없다. 우울증이 낫고 나면 증상이 호전된다는 보장 역시 없다. 하지만 내가 우물쭈물하는 동안에도 삶은 계속된다.

죽지 않고, 지지 않고 그저 살아 있다는 것만으로 괜찮은 날도 있는 법이다.

3

슬픔의 파도가
우리를 삼켜도

◊

우울의 바다에서
당장 빠져나올 방도가 없는 내가 안쓰러웠다.
파도와 풍랑에 지친 나를 휙 건져다
물기를 잘 닦아 말리고, 뽀송한 이불에 눕혀서
아무도 방해하는 사람 없이
깊고 긴 잠을 자게 해주고 싶을 정도로.

무엇이 되지 않더라도
좋아하는 일을 향해 나아가

어린 날을 돌이켜보면 나는 아이돌이 되었어야 했다. 외할머니는 내가 만 세 살도 되기 전에 주현미 노래를 기가 막히게 부른다며 가수를 시켜야 한다고 말씀하시곤 했다. 나는 서울랜드 야간 개장 가면무도회 때 나오는 노래에 맞춰 춤을 출 생각에, 주말마다 엄마 아빠를 들들 볶아 서울랜드 나들이에 나설 정도로 극성맞은 꼬마 댄서였다.

  그랬던 나의 첫 번째 꿈은 발레리나였다. 웃기게도 춤추는 건 좋아하지만 걷는 걸 워낙 싫어해서, 돌이 지날 때까지 보행기를 타고 다녔음은 물론 삼보일배 하듯 넘어져서 무릎이며 손바닥이 성할 날이 없었다. 엄마는 내게 똑바로 좀 걸으라며 목에 피가 나게 잔소리를 했다. 하다못해 무용이라도 시키면 다리에 힘이 좀 생기겠지 하는 마음에 동네 아파트단지 상가에 있던 한국무용, 에어로빅, 발레를 몽땅 가르치는 학원에 나를 등록시켰고, 그결과 나는 다리에 소위 '매가리'는 없지만 춤추기를 좋아하는 관종이자 끔찍한 혼종이 되었다.

그러던 어느 날 TV에 나온 리틀엔젤스 합창단을 보고는 눈이 휘둥그레졌다. 예쁜 단복을 입고 줄지어 서서 노래를 하는 게, 이름처럼 마치 하늘에서 천사가 내려온 것 같았다. 나도 저걸 하고 싶다고 엄마를 졸랐다. 엄마는 마지못해 원서를 받아왔는데, 이게 생각보다 대단한 규모의 오디션이었다. 단순히 노래만 잘해서 되는 게 아니라 예쁜 건 물론이요, 수준급의 무용 실력과 장기자랑(이를테면 악기 연주랄지)까지 선보여야 하는, 요즘으로 치면 아이돌 연습생을 뽑는 정도의 난이도였다.

고작 아파트단지 무용학원에서 발레의 기본 동작 몇 가지를 배운 게 전부였던 나는 잔뜩 주눅이 들어 아예 원서 접수도 하지 않았던가, 원서는 접수해 놓고 시험을 보러 가지 않았던가 했다. 그때나 지금이나 나서는 건 좋아하지만 평가를 받으려면 도망가고 싶은 마음뿐이다.

그리고 다음 꿈은 피아니스트였다. 네 살 때부터 피아노를 쳤던 나는 절대음감까지는 못 돼도 또래보다 상대음감이 뛰어난 편이었는데, 한두 번 들은 동요 곡을 피아노로 칠 수 있는 정도의 재능을 갖고 있었다. 나는 남들이 베토벤이나 바흐를 칠 때 유키 구라모토나 조지 벤슨을 좋아했다. 시간이 지나 중학교에 들어가서는 클래식 기타와 일렉트릭 기타, 베이스 기타를 치기 시작했고, 작곡과 재즈화성학도 조금씩 배워나갔다.

하지만 말 그대로 폭풍 같은 사춘기를 보내던 나는 연습에는 별 관심이 없고 그저 학원을 도피처 삼아 매일같이 똑같은 피아노곡을 쳐대기 일쑤였다. 그때 배운 '어텀 리브스Autumn Leaves'는 내가 피아노를 오래도록 좋아했고 연주했다는 증거 같은 곡이다.

중학교 3학년이 절반이나 지났을 즈음, 내게는 갈 곳이 없었다. 전교에서 '은따'였던 내가 발 디딜 틈이라고는 학교 안에도, 밖에도 없었다. 음악 학원을 제외하면 목적지가 없었던 나는 무작정 동네를 배회하며 시간을 보냈다.

그러다 문득 예고에 가면 어떨까 싶었다. 적어도 나랑 비슷한 친구들이 거기에는 있지 않을까, 하는 생각에서였다. 늦은 시작이었다. 목표는 서울예고 작곡과였다. 그곳에 가려면 시창 청음, 실기 연주(피아노), 작곡까지 모두 잘해야 하는데, 실기 연주를 제외한 나머지 과목은 준비하기 빠듯한 상황이었다. 엄마 아빠는 나의 예고 입시에 시큰둥했다. 네가 알아서 하라는 식이었다. 오래 다니던 동네 피아노 학원 선생님이 내 사정을 알곤 그냥 일반 교습비만 받고 예고 준비 레슨을 해주셨고, 시창 청음과 화성학도 다니던 음악 학원 선생님이 추가 레슨비 없이 수업을 해주셨다. 엄마 아빠가 해줄 수 있었던 건 겨우 학원비 정도는 내주는 수준의 뒷바라지였다. 그러다 우연히 알게 된 서울예고 첼로과 언니에게서 어느 교수님에게 사사하는지, 연습실은 어디를 쓰는지, 시창 청음은 어떻게 하고 있는지를 질문받은 나는 그길로 시험을 포기했다. 예고라는 곳은 내가 하는 식의, 그런 주먹구구식 준비로 갈 수 있는 곳이 아니었다.

행여나 시험에 떨어지면 더 이상 음악을 좋아할 자격조차 없어질 것 같아 두려웠다. 용기를 얻을 구석이 없었던 어린 마음은 상처를 받느니 포기하기를 선택해 버리고 말았다. 겁쟁이가 된 것 같아 부끄러웠지만 후회는 없었다. 좋아하는 일을 업으로 삼고 싶지 않았는데 차라리 잘됐다고 스스로를 다독였다. 하지만 피아노 앞에 앉아 손끝이 까지도록 베토벤 소나타 11번을 치던 순간이 떠오를 때면 조금 눈물이 나는 건 어쩔 수 없었다. 그 이후로 무엇이 되어야지, 하고 생각하면 그것은 절대로 닿을 수 없는 일이 되곤 했다.

그 징크스를 깬 것이 플러스사이즈 모델이었다. 플러스사이즈 모델은 인생을 통틀어 최초로 될지 안 될지를 따지지 않고 일단 하고 본 유일한 일이었다. 잘되어야 한다는 것은 아예 생각하지 않고 그저 해야 할 일들을 묵묵히 해냈다. 연습할 장소가 없어서 출국 전에는 하이힐을 신은 채 학교 운동장 조깅 트랙에서, 미국에 가서는 한낮의 땡볕이 내리쬐는 주차장 한복판에서 워킹 연습을 했다.

잘되어야 한다는 압박에서 벗어나 한 발 물러서 보니, 그 일을 좋아하고 잘하고 싶으면 그저 그뿐이었다.

시간이 많이 흐른 후 지나간 내 장래희망들을 떠올려봤다. 나는 정말 발레리나가, 피아니스트가, 합창단원이, 예고생이 되고 싶었던 걸까. 그저 나는 춤추는 게 좋았을 뿐이었는데, 노래하는 걸 좋아했을 뿐이었는데, 피아노를 치고 있으면 즐거울 뿐이었는데, 친구를 사귀고 싶었을 뿐이었는데 그것을 업으로 삼아야 한다는 '장래희망의 덫'에 갇혀버린 건 아니었을까.

지금의 나는 '이렇게 되어야지' 하고 노력해서 되었다기보다 그저 하다 보니 어느새 무엇이 되어 있는 모양새다. 나를 모델로 써주는 잡지사가 없어 스스로 커버 모델을 자처해 잡지를 만들다 보니 편집장이 되었고, 다양한 사람들의 이야기를 듣다 보니 외모 다양성에 대해 이야기하는 연사가 되었고, 책만으로는 생계 유지가 안 돼 알음알음 옷을 팔다 보니 쇼핑몰을 오픈해 사장이 되어 있는 식이다.

하지만 그런 나에게도 결벽 같은 철칙이 있는데, 뭔가를 해내려면 200%의 노력이 있어야 겨우 50% 정도의 성과를 낼 수 있다는 것이다. 잘하고 싶은 욕심 때문이었는데, 덕분에 과로로 꽤 오래 고생을 해야 했고 지금도 역시 고생하고 있다.

우리는 이미 정해두거나 점찍어 둔 인생을 쫓아가기 바쁘다. 하지만 그렇게 매번 꿈의 뒤꽁무니를 허겁지겁 쫓는 것이 정말 행복한 일인지는 알 수 없는 노릇이다. 그냥 재미있기만 하면 안 되나. 뭔가 대단한 게 되어야만 의미 있는 것이 인생이라면, 우리 대부분은 피로감과 무기력에 빠져 문고리조차 돌려보지 못하고 뒤돌아서곤 했던 어린 시절의 모습에 그치게 되지 않을까.

그리고 이미 겪어본 사람으로서 확실히 말할 수 있는 게 있다. 장담컨대, 해보지도 않고 공포에 짓눌려 포기하는 것은 생각보다 더 기분 나쁜 일이라는 것이다.

우울의 바다에
삼켜져

보통 우울증을 겪는 사람들은 그저 기분이 가라앉는다는 이유만으로 내가 우울증임을 확신하지 않는다. 대체로 신체 증상이 동반돼 나타나기 때문에 뭔가 잘못됐다는 것을 직감하고 나서야 병원을 찾거나 상담을 받기 시작한다.

　내 경우에는 공황 발작이었다. 고등학교 2학년 2학기 중간고사를 보고 얼마 지나지 않은 때였다. 교과서를 보고 있는데, 갑자기 주변에서 나는 인기척을 견딜 수 없었고 소리가 귀에서 멀어지는 느낌이 들었다. 그러다 식은땀이 너무 나서 화장실에 가려던 도중에 복도에서 쓰러졌다. 그길로 상담을 시작했다.

　학교를 쉬고 집에서 종일 자거나 컴퓨터를 했다. 그러다 울다가 쓰러져 다시 잠들기를 반복하는 날들이었다. 엄마는 내가 발작하고 울부짖을 때마다 사혈침으로 내 손발을 따곤 했다. 나는 그러면 그럴수록 더 큰 소리로 발악했다. 상대가 원하지 않는 방법으로 도움을 주면 구속되는 법이 있었으면 좋겠다고 생각했다. 그랬다면 엄마는 나를 가만히 내버려 뒀을까, 아니면 처벌을 불사하고서라도 사혈침을 들고 내 손발을 따고 있었을까.

　공황이 나타난 순간에는 이미 약이 듣지 않으므로 처방받은 응급약도 큰 도움이 되지는 않았다. 나는 길이고 전철역이고 맥없이 픽픽 잘도 쓰러졌다. 팔다리 곳곳에 멍이 들어 성한 날이 없었다. 조금 좋아지기 시작했던 건 연애를 하고부터였다. 우울감에서 정신을 빼놓고 다른 것에 집중하기에 연애만 한 것도 없었다.

　그러나 점점 좋아지기만 하거나 신체 증상이 사라지진 않았다. 좀 나아졌어도 초반에는 언제 터질지 모르는 시한폭탄을 몸에 두른 채 하루하루를 살아가는 기분이었다. 하지만 그런 기분도 조금씩 무뎌졌고, 고등학교

3학년 시절을 보내는 내내 큰 문제는 없었다.

그러다 서른이 넘어서 탈이 났다. 번아웃이었다. 그때는 며칠씩 밤새 일하다 퇴근하는 것이 예삿일이었다. 일을 멈추면 뭔가 큰일이 날 것만 같았다. 그렇게 몇 년을 일했더니 이유 없이 눈물이 멈추지 않고 죽을 것 같은 기분에 휩싸였다. 죽고 싶은 것과 죽을 것 같은 건 명백히 다른데, 응급실의 의사 선생님들은 내가 죽고 싶은지만을 집요하게 물었다. 자살을 시도한 적이 있는지, 자살의 방법을 구체적으로 상상하거나 준비한 적 있는지를 묻는 질문에 나는 고개를 가로저을 수밖에 없었다.

그길로 입원을 했다. 기분은 입원을 해도 오락가락했다. 하나 좋았던 게 있다면 세상과 정말 단절된 기분이 들었다는 점이었다. 쉴 새 없이 밀어닥치는 일들에서, 스스로를 일의 감옥에 가둬놓고 채찍질하던 나에게서 분리될 수 있었다. 내가 뭘 하지 않아도 때가 되면 밥이 나오고, 가만히 누워 울고 있으면 간호사 선생님들이 괜찮은지 어떤지 살펴주셨다.

와중에 그 안에서도 어쩔 수 없이 해야 하는 일들은 있었다. 입원실에 앉아서 일을 하고 있으면 간호사 선생님들이 측은한 얼굴로 "쉬셔야 하는데……" 하며 지나가시곤 했다.

그래도 며칠이 지나서 퇴원을 할 때는 조금은 진정된 마음으로 병원을 나설 수 있었다. 우울이 깊어지면 죽음의 그림자가 된다는 것을 느끼고 나서는 깊은 우울에 빠지지 않도록 지극히 경계했다. 하지만 우울의 바다에서 빠져나오기는 생각보다 쉽지 않았다. 마치 한없이 넓은 바다에서 배 한 척 없이 맨몸으로 부유하는데, 그러다 갑자기 뭔가가 발을 확 잡아당겨 나를 물 밑으로 가라앉게 만드는 느낌이었다. 발버둥 쳐도 어쩔 수 없을 때는 더 이상 깊이 가라앉지 못할 때까지 가만히 있을 수밖에 없었다. 그러다 잠시 해류가 느슨해졌을 때에야 비로소 헤엄쳐 나왔다. 그것이 우울이었다.

재작년 여름, 이번엔 과호흡이었다. 우울증으로 진단받고 약을 먹고 있었는데, 사실은 조울증이어서 조증 증상이 나타난 것이었다. 며칠씩 잠을 못 자고 깨어 있으니 심장이 터질 것 같았다. 숨이 가빠왔다. 응급실에서 진정제를 맞고서야 며칠 만에 기절하듯 잠들 수 있었다. 우울이라는 바다에 빠져 익사하는 기분이었다. 너무 괴로워서 이렇게 사느니 죽고 싶다는 생각이 간절했다. 두 번째로 응급실에 갈 때는 짐을 다 캐리어에 싸들고 갔다. "죽을 것 같아요" 했던 작년과 다르게 "죽고 싶어요"라고 하니 입원까지 일사천리였다. 이번에는 더 살뜰한 케어를 받았다. 자살예방센터에서 전문 상담원이 따로 와서 상담을 해주시기도 했고, 퇴원한 후에도 지역 정신건강복지센터에서 정기적으로 방문 상담을 와주셨다. 구명조끼를 입은 기분이었다. 적어도 파도에 쓸려가진 않겠지, 물 밑으로 가라앉지는 않겠지, 하고 아주 오랜만에 안도할 수 있었다.

최근에는 정신과도 꾸준히 다니고(벌써 1년이 다 돼간다) 상담도 드문드문하지만 다니고 있다. 최소한의 안전망을 갖춰놓고 하루하루를 사는 것이다. 그런데 그건 정말 구명조끼를 입고 있을 뿐이지, 이 망할 우울의 바다에서 완전히 빠져나온 것은 아니라는 게 문제다.

조증과 울증을 왔다 갔다 하는 내 컨디션은 언제 어디로 튈지 모른다. 오늘 아침에는 괜찮았다가 오후에는 또 우울해지는 식이니 입이 바싹바싹 말랐다. 요 며칠간

은 빡빡한 스케줄도 전부 소화할 수 있을 만큼 에너제틱
했다. 그러다 오늘은 또 기분이 너무 우울해 견디기가 어
려웠다. 얼마 전 길에서 심하게 넘어져 몸살이 났는데, 복
용 중인 약이 있으니 소염진통제 처방을 받지 못해서 아
픔을 그저 견뎌야만 했다. '이건 안 되겠다' 싶은 느낌에
하루 당겨 병원에 갔고, 선생님은 기분에 잠식돼 있지 말
고 할 만할 활동으로 색칠 공부하기, 책 필사하기, 퍼즐
맞추기를 권하셨다. 다 내가 싫어하는 것들이었다.

아무래도 정신을 딴 데 팔 만한 뭔가를 해야 했기에
나는 새 원고를 쓰기 시작했다. 그리고 우울을 기반으로
해 나타난 신체 증상들을 하나하나 복기했다. 공황장애
에 실신, 번아웃에 과호흡, 자살사고까지. 아주 가지가지
했구나, 나 자신이여.

사실 전조 증상이 아예 없지는 않았을 텐데, 나는 몸
이 신호를 보내야만 그제야 조치를 취했다. 무시하면 모
른 척 지나갈 수 있을 거란 마음이 반, 이 정도는 다들 견
디니까 나도 견뎌내야만 한다는 마음이 반이었다.

하지만 아니었다. 내가 견딜 수 없을 것 같다면 그게

맞는 것이었다. 그 사실을 몰랐다. 내 감정에 대한 자기 확신이 없어 쩔쩔매다가 병을 키웠던 것이다.

우울의 바다에서 당장 빠져나올 방도가 없는 내가 안쓰러웠다. 파도와 풍랑에 지친 나를 휙 건져다 물기를 잘 닦아 말리고, 뽀송한 이불에 눕혀서 아무도 방해하는 사람 없이 깊고 긴 잠을 자게 해주고 싶을 정도로. 하지만 그런 일은 일어나지 않는다는 걸 나는 너무도 잘 안다.

그저 구명조끼를 단단히 조이고, 저체온이 되지 않도록 열심히 발을 구르고 손을 저어 앞으로 나아가다 보면 언젠간 마른 땅에 다다를지도 모른다는 막연한 기대에 기댈 수밖에 없다는 것도 말이다.

흰 수염
고래

~~~

~~~

~~~

초등학교 5학년, 나는 비장한 얼굴로 아빠의 면도기를 들었다. 이제 막 나기 시작한 겨드랑이 털을 밀어버리기 위해서였다. 해본 사람들은 알겠지만, 남성용 면도기로 겨드랑이를 제모하면 털이 그 삼중인지 오중인지 모를 날 사이사이에 껴서 잘 빠지지 않는다. 몇 가닥 되지 않는 털이었지만 제거해 버리고 나니 그렇게 속이 시원할 수가 없었다.

그러다 팔에 가지런히 난 털들을 발견했다. 지금은 엄청 티가 나진 않지만, 더 하얗고 뽀얗던 어린 시절에는 팔에 난 털들이 더욱 도드라져 보였다. 그길로 모공각화

증을 얻게 될 걸 알았다면 그러지 않았을 텐데, 후회는 늦게 밀려오는 법이다.

팔을 제모하게 된 것은 순전히 아빠 탓이다. 아빠는 나만 보면 내 팔에 난 털들을 손으로 빗어 넘기며 "아휴, 부럽다"라고 말하곤 했다. 나는 진절머리를 치며 하지 말라고 질색팔색했지만 아빠는 웃기 바쁠 뿐이었다.

그다음은 어디였을지 짐작이 가시는지. 바로 다리였다. 비누칠을 잔뜩 해서 다리털을 밀기 시작했다. 살짝 베인 듯 따가웠지만 검은 털로 뒤덮여 있던 다리가 하얗게 변해가는 데서 오는 쾌감은 아주 짜릿했다.

나는 특히 다리털이 아주 무성했는데, 면도를 일찍 시작해서인지 왜인지는 알 수 없지만 가을쯤에 커피색 스타킹을 신으면 털이 스타킹 안에서 엉킨 게 보일 정도였다. 그러니 마음고생이 얼마나 컸을지 짐작하실 수 있으리라.

그러다 나는 신문물을 접했다. 바로 제모 크림이었다. '올리브영'도 없던 시절에 그걸 어디에서 샀는지는 기억이 나지 않지만 아무튼 나는 그 크림을 손에 넣었고, 시키는 대로 겨드랑이와 다리에 발라둔 다음 일정 시간을 기다렸다 물로 씻어냈다. 하지만 그 효과는 아주 미미했다. 뿌리가 굵었던 나의 체모들은 제모 크림이 충분히 스며들지 못하게 막았고, 크림은 모근 가까이에 있는 아주 짧은 털만 남기고 물과 함께 씻겨 내려갔다. 결국 나는 아빠 면도기를 다시 집어 들고서 남은 털들을 제거해야만 했다.

제모에 대한 끔찍한 기억이 하나 있다. 같은 아파트 단지에 살던 좀 친했던, 아니 좋아했던 오빠가 친구 무리와 볼링을 치러 간다기에 나도 가겠다며 따라나선 적이 있었다. 내 나름대로 신경을 쓴다고 당시 가진 옷 중 제일 멋져 보이는 민소매 목티를 입고 집을 나섰다. 그런데 볼링장에 거의 다 가서야 생각이 난 것이다. '아, 나 제모 안 했는데.' 심지어 아주 무성한데.

볼링을 치는 것 자체는 문제가 아니었다. 레일에 올라서서 공을 굴리는 것까지는 그렇다 치고, 내려와서 하이파이브를 어떻게 할지 생각하자 나는 정말 등에서 식은땀이 흐르는 것을 느낄 수 있었다. 어떻게 얻은 친해질 기회인데! 속으로 소리를 지르며 포효했다.

할 수 없었다. 중학교 1학년밖에 되지 않은 사춘기

여자애가 겨드랑이 털을 내놓고 남자애들과 어울리는 건 상상조차 하기 어려웠다. 나는 뭐였는지도 기억나지 않는 구차한 변명을 늘어놓고 볼링장을 빠져나왔다. 돌아오는 길에 조금 눈물이 났는지 무슨 변명을 했는지, 그저 겨드랑이 제모를 잊은 나 자신이 한없이 원망스러웠던 기억뿐이다.

내가 하도 겨드랑이 털 때문에 고민하고 있으니 이모가 어느 날 홈쇼핑에서 샀다며 모근까지 제거해 준다는 제모기계를 들고 왔다. 나는 너무 설레서 이모가 오기 전날 잠까지 설쳤다. 근데 문제는, 이 제모기는 털을 한꺼번에 제거하는 게 아니라 한 올 한 올 뽑아야 하는 제품이었다. 하지만 다른 선택지는 아빠 면도기밖에 없었기에 나는 주말 한나절 내내 이모로부터 겨드랑이 털을 뽑혀야만 했다.

그렇게 대학생이 되었을 무렵, 드디어 마트에서 여성용 면도기를 팔기 시작했다. 핑크택스pink tax가 덕지덕지 붙어 남성용 면도기보다 훨씬 더 비싸고 성능은 더 별로였지만, 왠지 남자용 면도기를 쓰면 안 될 것 같은 느낌에 여성용 면도기를 사서 썼다. 일주일에 한 번 이상은 제모를 해주지 않으면 털이 그렇게 무성할 수가 없었다.

그러다가 왁싱 테이프라는 게 나왔다. 광고에서는 정말이지 쉬운 것처럼 이야기했다. '테이프를 뜯어서 붙였다 떼기만 하면 깨끗한 겨드랑이, 팔, 다리 완성!' 이런 식이었다. 하지만 현실은 달랐다. 왁싱 테이프는 생각보다 아주 끈끈했고, 셀프 왁싱이 쉬울 리가 없었다. 겨드랑이에 붙인 테이프는 생각보다 잘 떨어지지 않았고 살을 같이 뜯어내는 것처럼 아팠다. 다리는 그나마 나은 축에 속했다. 하지만 군데군데 남은 털들을 정리하려면 어차피 다시 면도기를 써야만 했다.

나는 아주 지겹고 질려버렸다. 그쯤 레이저 제모가 등장했는데, 대학생이 감당하기엔 꽤 비싼 가격이어서 엄두를 내지 못했다. 그래서 선택한 방법이 왁싱이었다. 왁싱의 효과는 꽤 굉장했다. 그리고 고통 역시 굉장했다. 생살을 뜯어내는 고통을 겪으며 왁싱을 마치고 나면 그래도 열흘에서 보름 정도는 털 때문에 고통받지 않아도 되었다. 그 짓을 거의 스물다섯 살까지 매달 했다. 지금 와서 생각하면, 겨드랑이 착색은 그때 왁싱을 너무 받아대서 생긴 게 아닐까 싶을 정도다.

그러다 나도 돈이란 걸 벌게 된 이후, 큰맘 먹고 레이저 제모를 받기로 결정했다. 동네 피부과에서 겨드랑이, 다리, 비키니 라인까지 한꺼번에 하면 할인을 많이 해준다기에 고민 없이 그곳으로 결정했다. 다만 간과했던 점은 레이저를 한 번 쏘면 모근을 다 죽일 수 있는 게 아니라서, 한 달에 한 번씩 총 열 번의 시술을 받아야 한다는 것이었다. 레이저는 갈수록 출력이 높아졌는데, 마취 크림을 바르기는 했지만 아픔이 사라질 정도는 아니었다. 나는 수산시장의 횟감마냥 들썩들썩 튀어 올랐다. 그럴 때마다 선생님은 아파도 조금만 참으세요, 하며 건조한 목소리로 나를 달랬다. 레이저 제모의 효과는 실로 대단했다. 정말로 털이 자라지 않았다. 'Hair Free'한 상태가 된 것이다.

그런데 이상하지. 제모를 해서 이제 더 이상 겨드랑이 털이 없는데도 민소매를 입을 용기가 나지 않았다. 마치 민소매를 입으면, 털이 없는 겨드랑이일지라도 활짝 두 팔을 벌리고 겨드랑이를 보여주는 기분이 들었다. 그것은 그저 민소매 입은 여자에 대한 터부 때문일까, 아니면 내가 내 몸을 긍정하지 못했기 때문일까.

그렇게 털과의 사투를 벌이며 시간을 보내는 동안 나는 나이를 먹었고, 겨드랑이는 이제 슬슬 레이저 제모의 유효기간이 끝났음을 보여주듯 털을 한 가닥씩 내어놓고 있다. 게다가 이제는 정말 마주치고 싶지 않았던 현실을 직시할 수밖에 없었다. 바로 흰머리도 아니고 흰 음모가 나기 시작했다는 것이다. 나는 그걸 발견한 순간 드라마 「섹스 앤 더 시티」에서 사만다가 흰 음모를 발견하고 질색을 하던 에피소드가 생각났다.

나의 대처는 일단 그놈들을 뽑아 없애는 것이었다. 제대로 보이지도 않으니 거울을 들고 앉아서 수풀에 싸놓은 개똥을 찾듯이 모근 사이사이를 샅샅이 뒤져 그놈을 찾아 없애버리고 말았다.

그러다 거울을 내려놓자 허탈감이 몰려왔다. 흰머리도 해결이 안 될 정도로 많이 나는 지경인데 흰 음모라고 별다를 리가 없었다. 나는 결심했다. 흰 음모를 일부러 찾아내서 척살하려고는 하지 말자. 흰 음모가 보기 싫다고 거울까지 디밀어가며 일부러 찾아 뽑느니, 우아한 흰 수염 고래가 되었다고 생각하고 이 상태를 조금 즐겨보자고 말이다.

노브라
예스브라

나는 열세 살 이후로 늘 또래보다 가슴이 컸다. 가슴이 작
았던 건 2차 성징이 본격적으로 시작되기 이전인 초등학
교 5학년 때까지였다.

국가별로, 브랜드별로 속옷 사이즈 측정 기준은 다
르지만 가장 큰 브라(브래지어)를 해야 했던 시기의 가슴
사이즈는 85H컵이었다. 어쩌다 내 가슴 사이즈를 알게
되기라도 하면 특별한 비법이 있느냐며 진심으로 부러운
표정을 하고 묘책을 묻는 친구들도 있었다.

글쎄, 이모 말에 따르면 외할머니도 엄마도 '왕가슴'
이었다고 하니 유전이라는 말 말고는 해줄 말이 없었다.

하지만 이미 이글거리고 있는 그들의 눈동자에 대고 그런 말을 했다간, 표정으로 '그래, 너 잘났다'라는 말을 들을 각오를 해야 했다. 그래서 그런 질문을 받을 때마다 이모가 사다 준 어린이용 브라를 아홉 살 때부터 해서일지도 모른다고 대충 둘러대곤 했다. 어떤 친구는 딸기우유를 마시면 가슴이 커진다는 말을 어디서 듣고 와서는 그게 비결 아니냐며 묻기도 했다.

그러나 사실 가슴이 크다는 건 별로 유쾌한 일이 아니었다. 초등학교 체력장 날 멀리뛰기를 하다 티셔츠가 바람에 날리는 바람에 브라가 다 보이기도 했고, 100미터 달리기를 하는데 가슴이 흔들리는 것을 보고 남학생들이 손가락질을 하며 킥킥대기도 했다. 정작 당사자는 지겨움에 가까운 감정을 갖고 있는데, 가지지 않은 사람들은 부러움의 눈길로 가슴을 쳐다보기도 한다는 게 아이러니가 아닐 수 없다.

가슴이 커지면서 엄마가 사다 준 첫 번째 브라가 제대로 맞지 않기 시작했다. 하지만 그때만 해도 많은 엄마가 속옷을 처음 사주고 난 후에는 이게 제대로 맞는지, 아니면 새로 사야 하는지조차 알려주지 않아 나 포함 많은 청소년이 안 맞는 속옷을 꾸역꾸역 입던 시절이었다.

　나 역시 사이즈를 재서 내 몸에 제대로 맞는 브라를 샀던 건 고등학생 때쯤이었고, 그 전까지는 마트에 가서 혼자 알아서 이렇게 저렇게 입어보고 낑낑거리면서 브라를 샀다. 덕분에 위아래를 맞춰 입어본 적도 없었다.

　고등학생 시절 엄마가 백화점에서 사다 준 브라들은 죄다 비너스, 비비안 같은 브랜드에서 나오던 것으로 소위 말하는 '할머니 브라' 느낌이 강했다. 레이스에 꽃무늬에, 형용할 수 없을 정도로 난해한 디자인의 보라색, 자주색 속옷은 얼마 없던 자존감을 더 사그라들게 만들기 충분했다.

　그러다 성인이 되고 '에메필'이라는 일본 브랜드가 한국에 들어왔다. 나도 입을 수 있을 정도로 큰 사이즈의 화려한 브라들이 즐비했다. 일본인 흉곽에 맞춰 제작된 제품들이라 밑가슴 둘레가 작아 숨이 막힐 지경이었지만, 그 불편함을 참아가면서라도 입게 하는 마력이 있었다. 이제 맞는 브라를 찾아 헤맬 필요가 없다는 안도감에, 정말 용돈이 생기는 족족 브라를 사는 데 다 쓰던 시절도 있었다.

그리고 스물다섯 살이 되어 미국에 갔을 때 나는 천국에 도착한 줄 알았다. 어느 가게에 가도 내게 맞는 사이즈가 있는 데다가 그 유명한 '빅토리아시크릿'에서 내게 딱 맞는 브라를 원 없이 살 수 있다니, 정말 꿈만 같았다.

　　나는 한국에 돌아와서 속옷 쇼핑몰을 열었다. 내 인생 최초의 사업자 등록이었다. 하지만 생각보다 모델로서의 나와 쇼핑몰 사장으로서의 내가 자주 충돌했다. 지금 보면 예쁘기만 한 얼굴과 몸인데, 그 당시 내 눈에는 이중 턱과 삐져나온 배가 자꾸만 거슬렸다. 그때는 딱히 홍보랄 것도 없던 시절이었는데, 신기하게도 어떻게 알았는지 주문이 조금씩이나마 들어왔다. 그러나 도저히 속옷 입은 나를 바라보는 스스로의 불편함을 견디지 못해, 나는 결국 얼마 지나지 않아 쇼핑몰을 닫았다.

　　그로부터 시간이 꽤 오래 지난 후, 여성 건강 버라이어티 프로그램 「바디 액츄얼리」에 출연했을 당시 브라와 가슴에 관련된 에피소드를 촬영한 적이 있다. 브라가 가슴 건강에 미치는 영향에 대해 알아보고, 실제로 병원에 가서 가슴 초음파를 찍어보며 어떻게 하면 가슴 건강을 지킬 수 있을지 이야기하는 에피소드였다. 미리 말하자면, 그날 촬영 이후부터 최근 몇 년간까지 브라를 했던 순간을 손으로 꼽아봤는데 가슴의 위치가 확연히 드러나는 신상을 촬영할 때를 빼고 나는 늘 노브라 상태였다. 무려 방송 인터뷰에서 비치는 상의를 입을 때조차 노브라인 상태로 살고 있었다.

생각보다 충동적인 시작이었다. 브라 그까짓 거, 해도 그만 안 해도 그만이고 집에서는 언제나 노브라지만 그때까지는 노브라로 밖에 나가는 것은 상상이 잘 되지 않았다. 다소 'TMI(투 머치 인포메이션)'이지만, 나는 함몰 유두라 실상 검은 티셔츠를 입으면 브라를 했는지 안 했는지 알 수 없을 정도다. 그런데도 노브라로 밖에 나가는 건 불가능하다고 생각했다.

다만 브라가 주는 불편함은 시간이 갈수록 그 크기를 더해갔다. 어떤 날은 외출이 길어지면 답답함을 도저히 견디지 못해 후크만이라도 푼 채로 집에 오곤 했다. 혹시나 누가 알아보고 해코지라도 하면 어쩌나 하는 걱정은 온전히 혼자 감당해야 할 몫이었다. 그러다가 「바디 액츄얼리」의 가슴 건강 편을 찍으면서 노브라를 하겠다고 약간 선언 아닌 선언을 한 후로 나는 본격적인 노브라의 삶으로 뛰어들었다. 그 후로는 거의 모든 순간 노브라 상태였다.

노브라에도 명과 암이 있는데, 명을 따지자면 더 이상 와이어에 가슴골이 찍혀 상처 날 일이 없다는 것, 조금만 먹어도 체할 것 같은 소화 불량에서 해방될 수 있다는 것과 겨드랑이께의 부유방이 없어진 걸 꼽을 수 있겠다. 암은 아무래도 가슴 밑에 차는 땀인데, 이는 나처럼 일정 사이즈 이상일 경우에만 해당되며 또 여름이 아닐 때는 그래도 견딜 만한 정도의 불편이니 그다지 크진 않다고 생각한다.

브라가 필요 없다고 생각하느냐고 묻는다면 꼭 그렇지는 않다. 다만 브라의 심미성에 집중한 나머지 여성 신체가 상품화되지 않도록 주의해야 한다고 생각한다.

지금 와서 다시 유브라의 삶으로 돌아가는 것은 상상조차 어렵다. 하루 종일도 아니고 신상 촬영을 하는 고작 몇 시간도 이토록 답답한데, 이때까지는 어떻게 매일 브라를 하고 살았는지 신기할 지경이다.

하루는 작정하고 와이어가 있는 브라를 전부 다 서랍장에서 빼내 커다란 통에 넣었다(정말 말 그대로 '커다란' 통이 필요할 정도였다). 그러고는 밀봉해서 '언젠가 전시 재료로 사용해야지' 하곤 잊어버렸다. 예전에는 브라를 안 하면 큰일이 날 것만 같았는데.

　　와이어라는 허들 앞에서 나는 더욱 다양한 대체재(브라렛, 스포츠 브라, 노와이어 브라, 심리스 브라 등)를 찾았고 그 다양성에 축배를 들기도 했다. 하지만 역시나 아예 하지 않는 것 이상의 편안함을 찾지 못했다. 그렇지만 대한민국 사회에서 노브라로 일상생활을 할 수 있는 여성이 몇이나 될까. 뭔가 방법이 필요하다고 생각했다. 그러던 와중에 '미드에어'라는 트위터 계정에서 브라렛을 제작·판매할 계획이라고 하기에 DM을 보내 컬래버레이션을 제안했다. 그렇게 미드에어×66100의 노와이어 브라렛이 탄생했고, 4800만 원의 판매고를 달성하는 기염을 토했다. 브라렛은 그 이후로도 높은 판매고를 올리며 66100의 매출에 큰 기여를 하는 제품이 되었다.

　　몇 년 전만 하더라도 노브라로 다니는 나를 보며 다

들 내 가슴을 쳐다봤다가, 또 안 쳐다본 척하느라 정신이 없었다. 하지만 이제는 그런 사람은 극히 드물어졌고 나역시 흰 티셔츠를 입고 노브라로 다닐 만큼 용감해졌다.

하지만 아직도 많은 여성이 아침마다 브라를 하면서 한숨을 내쉰다는 걸 안다. 그런 여성들에게 나는 꼭 한마디를 해주고 싶다. 노브라, 그거 정말 별일 아니라고. 그리고 누군가가 노브라인 자기 가슴을 빤히 쳐다보면 신고를 하시면 된다고 말이다.

안녕하세요,
취미는 없습니다

~~~~~

~~~~~

~~~~~

사람들은 종종 서로에게 취미를 묻곤 한다. 하지만 그 질문의 대상이 나라면 당신은 아주 곤란해질 것이다. 왜냐하면 나에게는 취미가 없기 때문이다. 취미란 그저 좋아서 즐기기 위해 하는 일인데, 나에게는 그런 일이 존재할 수 없다. 뭘 하려면 나는 무조건 '잘' 해야 하기 때문이다. 무언가를 잘하려면 열과 성을 쏟아야 하는 법인데, 이미 그 단계에서 취미를 넘어서 버리기 때문에 즐기기는커녕 스트레스나 안 받으면 다행인 상태가 된다.

취미를 가지려는 노력을 아예 안 해보지는 않았다. 넷플릭스 보기가 그중 하나인데, 시작과 동시에 무려 24

편에 해당하는 한 시즌을 전부 봐버려서 밤을 꼴딱 새우기도 했다. 아주 끝장을 본 것이다.

내 친구들의 취미는 다양하다. 뜨개질을 하는 친구, 식물을 키우는 친구, 압화를 하는 친구, 그림을 그리는 친구, 미니어처를 만드는 친구, 산책을 다니는 친구, 그리고 이 중에서 여러 개의 취미를 동시에 갖고 있는 친구까지. 독서하기, 영화 보기와 음악 감상하기처럼 고상하고 클래식한 취미도 있건만 나는 아무것에도 별 흥미를 느끼지 못한다. 오히려 사막의 모래알처럼 많은 취미를 앞에 두고 두려움마저 느낀다.

'잘해야 돼 콤플렉스'는 생각보다 깊게 내 안에 자리 잡고 있어 애초에 무엇도 시작하지 못하게 한다. 그런가 하면 만성적인 무기력증은 두꺼운 겨울 이불처럼 나를 뒤덮고 있어 그 어떤 활동에도 감흥이 없게 만든다.

그 무기력증의 시작은 깊은 번아웃을 겪은 이후부터였다. 의식적으로 일을 쉬고 아무것도 하지 않는 시간을 가졌는데, 나름의 효과는 있었지만 어느 순간부터 그냥 아무것도 하고 싶지 않다는 기분이 나를 덮쳐왔다.

아무것도 하지 않는다는 건 수영장 바닥으로 조용

히 잠영하는 것과 같다. 잠영은 그저 가라앉는 것마냥 보이지만, 실은 숨을 최대한 들이쉬고 앞으로 나아가 숨을 끝까지 다 뱉어내야 하는 일이다. 그러면 마침내 물 위로 올라오게 된다. 그럴 수밖에 없다. 그것이 한계점이니까.

무기력증 역시 한계점에 다다르면 탄성에 따라 그것에서 최대한 멀어지려는 형상을 띤다. 하지만 우리는 알 수 없다. 숨이 얼마만큼 긴지, 또 수영장 바닥은 얼마나 깊은지. 물에 들어가 보기 전까지는 자신의 한계가 어디까지인지 가늠할 수 없다. 숨이 충분히 길지 않다면 그 바닥에 그저 처박혀 헤어나지 못하고 말 것이고, 숨이 충분하다면 무기력이라는 바다에서 익사하지 않고 언젠간 물 위로 올라오게 마련이다.

무기력에서 헤어난다는 것은 충분한 호흡으로 자신을 물 밑에서 조용히 가다듬었다는 뜻이기도 하지 않을까. 무기력하다고 해서 앞으로 나아가기를 포기하지는 않으니까. 무기력한 하루라도 시간은 똑같이 흐르니까.

나에게도 좋아하는 일이 전혀 없었던 것은 아니다. 다만 프로와 아마추어의 경계에서 비틀거리는 스스로를 견디지 못했을 뿐. 피아노와 음악이 그랬다. 전공생이 될 만큼 뛰어나지는 않지만 평범한 사람보다는 좀 더 뛰어난, 그 경계에 아슬아슬하게 닿아 있는 재능은 나를 미치게 하기에 충분했다. 처음에는 좋아서 치기 시작한 피아노였으나 어느 순간 '쟤보다는 잘해야 해', '다른 애들보다 진도에 뒤처지면 안 돼', '어어, 조금만 더 하면 정말 잘할 수 있을 것 같은데' 하는 마음들이 나를 욕심내도록 부추겼다. 결국 어느 순간 나는 피아노를 손에서 놓았고, 지금은 악보 보는 것부터 다시 공부해야 할 지경이 되었다. 남편도 가끔 피아노를 사줄 테니 다시 시작하면 어떠냐고 말하고, 나를 가르치셨던 선생님도 지양이는 피아노를 잘 치니까(너무 예전 일이라 지금은 '똥손'이 다 되었다고 아무리 말씀드려도) 꼭 다시 시작하라고 성화시다.

어린 시절부터 한 곡을 완곡하는 것은 집중력이 낮은 나에게 쉬운 일이 아니었다. 입시곡 한 곡을 다 외워 처음부터 끝까지 틀리지 않고 악상까지 살려 연주해 내는 일을 매일같이 반복하면서 나는 언제나 울고 싶은 기분이었다. 어중간한 재능이 악보를 한 장 넘기면서 생기는 잠깐의 순간처럼 미묘하게 덜그럭대며 나를 괴롭혔기 때문이었을까.

　무언가 최선을 다해 끝까지 완성해 낸 것이 없는 인생이 지지부진하게 이어지는 것 같다. 이는 비단 피아노만의 이야기는 아니다. 왜일까. 잡지를 일곱 권이나 만들고, 단행본 한 권에 공저 에세이까지 낸 나인데 이런 패배감에 시달리는 이유는 뭘까.

　잘해야만 하는 일과 그저 즐기면서 하는 일, 두 가지는 어느 지점에서는 맞닿아 있으되 매우 다른 결과에 다다른다. 즐기다 보면 부정적인 감정은 넣어두고 현재에 집중하게 된다. 그러다 보면 어느새 나도 모르는 새 잘하게 된 스스로를 발견하게 된다. 어떤 경지에 오르는 것이다(이 '경지'란 마스터가 된다기보다는 어떤 분야에서 준전문가 이상이 된다는 걸 의미한다).

　반면 잘해야 한다는 강박에 사로잡히면 어느 시점까지는 잘하다가도 종국에는 난관에 부딪힌다. 지겨워지든, 슬럼프를 겪든 어딘가 벽 같은 것에 쾅 하고 부딪히고 만다. 그러고 나면 우리는 마치 달리는 기차에서 뛰어내리듯이 거기에서 멈춰버리고 마는 것이다. 그렇게 언덕

밑으로 굴러 떨어진다. 설사 구사일생으로 목숨을 부지하더라도 한동안은 그렇게 가만히 누워 있을 수밖에 없다. 정점을 찍은 시점은 즐기는 사람과 비슷할지라도 결과는 너무나 다를 수밖에 없다.

하지만 아주 많은 완벽주의자, 다른 말로 나 같은 '실패공포증' 환자들은 오늘도 기차에서 뛰어내릴 준비를 한다. 완벽하지 않다면 있으나 마나라고 생각하기 때문이다. 원래 아무 일도 없었던 듯 모두 포기해 버리는 편이 완벽하지 못한 것보다 차라리 낫다고 느낀다.

사람들은 취미가 없는 삶이 너무 무미건조하지 않느냐고 묻는다. 맞다. 무미건조하다. 하지만 아예 시도도 하지 않으면 실패할 일도 없기 때문에, 사막처럼 바스러질지언정 홍수에 떠내려가기는 원치 않는 것이다.

그러다 아주 가끔은 우연히 흥미를 느끼는 일을 마주치기도 한다. 최근 친구들이 하도 성화를 해서 함께 사격장에 간 적이 있는데, 승부욕이 큰 내게 무척 '착붙'인 활동이었다. 견착을 해서 조준을 한 후 과녁을 맞히는 순간의 짜릿함이라니. 마치 엔도르핀과 아드레날린이 차차

차를 추는 것 같았다.

그날 이후로 친구들과 시간이 맞으면 종종 사격장을 찾았다. 매번 다른 종류의 총기를 경험하는 것도 그 나름의 재미였다. 소총과 저격총은 한 발 한 발 집중해서 과녁을 맞히는 맛이 있고, 연발총은 우다다다 하고 100발을 한 번에 빠르게 쏴서 과녁을 너덜거리게 만드는 맛이 있다. 그리고 권총은 아무리 해도 내가 원하는 곳에 총알을 맞추기 힘들다는 점이 웃기게도 재미있는 지점이었다. 내가 원하는 대로 컨트롤할 수 없는 장비라니. 원래의 나라면 열이 받아도 단단히 받았겠지만, 그저 총알이 아무 데로 날아가 박히는 장면을 보기만 해도 즐거울 수 있다는 것이 놀라웠다. 어느 날은 전문적으로 사격을 배워볼까 하다가 아니다, 싶었다. 분명 또 기를 쓰고 잘하려고 해댈 텐데, 그리고 잘 못하면 좌절감에 무너질 텐데 싫어, 오락실 게임 하듯 어쩌다 한 번씩 하는 일이기에 더 재미있는 것이라고 스스로에게 말했다.

인생도 그러면 좋을 텐데. 정확히 과녁을 맞히지 못했더라도 그 나름의 의미가 있다고, 즐거웠으면 된 거라고, 모두들 그렇게 생각하고 살면 좋을 텐데. 하지만 대부분의 사람들이 10점 만점에 텐 포인트 나인(10.9점)만이 삶의 정수인 것처럼 살아간다.

그러나 좌절하지 말기를. 비록 0점을 맞혔더라도 방아쇠를 당긴 건 맞으니까. 과녁 안에 궤적을 남기진 못했다 해도 과녁 밖의 삶도 엄연히 존재하니까. 그리고 그렇게 데이터가 쌓이고 쌓인 어느 날, 탁월한 오조준(일부러 과녁을 잘못 조준해서 조준점을 맞추는 일)으로 텐 포인트 나인을 쏘게 될지는 아무도 모르니까.

허들을
넘어

스물다섯, 나는 다니던 회사에서 권고사직을 당하고 며칠째 식음을 전폐한 채로 울고 있었다.

더 이상의 허기를 이기지 못해 친구가 사다준 해장국 한 그릇에 정신을 차리고 컴퓨터 앞에 앉아 하염없이 포털 사이트 새로고침을 하던 내 눈을 사로잡은 것이 「도전! 수퍼모델 코리아」 시즌I의 참가자 모집 광고였다.

이상하기도 하지, 왜 하필 거기에 꽂혔을까. 이 질문을, 왜 하필 모델이었느냐는 질문을 수도 없이 받았지만 딱히 이렇다 하게 맘에 차는 대답은 하지 못했다. 늘 사진 찍히는 걸 좋아하던 어린 시절 때문에? 주목받기 좋아하는 성격이어서? 열심히 생각해 봤지만 가장 타당한 대답은 이것이었다.

인생에는 어느 지점에서 어떤 일을 만나, 그 일과 나만 외나무다리에서 마주하는 것 같은 순간이 있다.

다른 어떤 것도 눈에 들어오지 않고 그저 그 일이어야만 하는 순간이.

그렇게 운명처럼 이끌리듯 우당탕탕 모델 도전기가 시작되었다. 주변의 도움을 영혼까지 끌어 모아 프로필 사진을 찍어 제출했는데 1차에 덜컥 합격해 버리고 말았다. 어쩔 수 없지, 1차에 붙었으니 2차도 해보는 수밖에. 또 한 번의 우여곡절 끝에 비키니 프로필을 찍어 보냈지만 최종 면접자 목록에 내 이름은 없었다.

내 나름대로 꽤 큰마음을 먹고 시작한 일인데 시작도 해보지 못하고 주저앉으니 마음이 어려웠다. 도와준 친구들에게도 면목이 없고 대체 앞으론 뭘 해야 하나, 사막 한가운데에 물 한 통 없이 서 있는 기분이었다. 모델이 정말 되고 싶은 건지, 되고 싶다고 될 수는 있는 건지, 안된다면 뭘 어째야 하는 건지 앞이 깜깜했다. 그러다 이대로 가만있을 순 없다는 생각에 바다를 보러갈 겸, 중간 기착지인 대전에서 학교를 다니는 친구를 보러 갔다.

처음으로 혼자 떠나는 여행이었다. 대체 왜 그랬는지는 나도 도통 모르겠지만, 기차역 바로 옆에 있는 백화점에서 선글라스를 사서는(한밤중에 출발했는데 말이다) 사연 있는 사람처럼 그걸 쓰고 기차에 올랐다.

친구의 수업이 끝나길 기다렸다가 몰래 친구 기숙사에 들어가 맥주를 한 캔 까면서, 사실 내가 이러저러 했는데 이래저래 됐다고 이야기를 하자 친구 눈이 두 배도 넘게 커지더니 '헐, 대박'을 연발했다. 그런데 이제 뭘 어떡할지 모르겠다고 털어놓았다. 얘기를 듣던 친구는 곰곰이 생각하더니 이렇게 말했다.

"네가 고민한다는 것 자체가 이 일을 더 하고 싶다는 뜻 아닐까?"

모든 것의 시작은 그 말 한마디였다.

'할까, 하지 말까' 고민할 때 나의 마음은 사실 '하고 싶지만 할 수 없을 것 같다'라는 두려움에 차 있다는 걸 그날 친구의 말로 깨달았다. 그럼에도 그 허들 너머를 보고 싶다는 마음이 지금 나를 여기까지 오게 했다.

그렇게 나는 한국인 최초로 미국에서 데뷔한 플러스사이즈 모델이 되었다. 아메리칸어패럴 플러스사이즈 모델 콘테스트에서 전 세계 991명의 참가자 중 8위로 최종 엔트리에 올랐다. 그 당시 회사에 다니고 있었는데, 마케팅팀에 이야기해서 전 직원에게 메일을 돌려 투표를 부탁하기도 했다. 최종 엔트리에 들었으니 추가로 사진을 보내라는 메일이 온 걸 뒤늦게 발견하는 바람에 거기서 그치고 말았지만.

베네통 포토 콘테스트 때는 TOP 20에 들어 한국 본사에서 입상작 사진 전시를 했다. 아시아에서 두 번째, 국내에서는 최초로 플러스사이즈에 대한 잡지를 출판해 일곱 권을 만들었으며, 89명의 여성을 인터뷰해 제작한 단행본을 출간하기도 했다. 다 헤아릴 수 없을 만큼 수없이 강연을 했고, 손에 꼽기 어려울 만큼 많은 여성을 만났으며 여성신문사에서 선정한 신진여성문화인상을 받기도 했다. 허들 앞에서 주저하던 나는 이제 저 멀리의 허들까지도 지금 당장 넘고 싶은 사람이 되었다.

그중에서 최근 가장 넘고 싶은 허들은 정치인이 되는 것이다. 어떤 이들은 뜬금없다고 생각할 수 있겠으나,

정치에 대한 나의 야망은 꽤 오래된 숙원이었다. 2015년 페미니즘 리부트 때부터 '모든 것은 정치적'이란 말에 나는 크게 매료되었다. 이제껏 내가 품어온 의문들의 실마리가 풀리는 기분이었다. 모든 것은 정치적이며 정치가 세상을 바꿀 수 있다니. 내가 순진한 걸지도 모르겠지만, 세상에 변화를 만들어나갈 수 있는 힘이 정치인의 손에 달려 있다는 것에 나는 한껏 고무되었다. 젊은 정치인들이 대거 등용되는 시기이기도 했다.

바꾸고 싶은 세상의 부조리가 너무나도 많았다. 일정 BMI 미만의 모델은 런웨이에 설 수 없는 법안이나 대중교통에 성형 수술이나 다이어트 약품 광고를 실을 수 없게 하는 법안, 일정 규모 이상의 브랜드에서는 빅사이즈 의류를 필수로 만들게 하고 그러지 않을 경우 벌금을 물리는 법안 등이 해외에서는 이미 입법을 마치고 실행되고 있다.

하지만 우리나라는 외모지상주의, 그리고 외모가 최고의 가치라고 생각하는 수준을 넘어 외모를 이유로 누군가를 숭배하는 데까지 나아간 루키즘lookism이 득세하는 데 반해 그에 맞서는 법률과 법안은 심각하리만치

부족하다. 심지어는 그것들을 옹호하고 있다. 예전에는 고등학교를 졸업하며 쌍꺼풀 수술을 했다면, 요즘은 중학교를 졸업하며 쌍꺼풀 수술을 한다고 한다. 연예인을 선망해서 그들처럼 마른 몸매를 갖기 위해 프로아나가 되어 끼니를 거르거나 먹고 토하기를 반복하는 여성 청소년이 수없이 많은 것이 작금의 현실이다.

가만히 있어서는 이런 현실이 바뀌지 않는다는 것을 깨달았다. 결국 누군가는 나서서 세상을 바꾸려 노력해야 한다. 나는 그것이 정치라고 생각했다. 물론 정치가 하고 싶다고 할 수 있는 게 아니라는 점이 문제지만 말이다. 게다가 문득 이런 생각이 들었다. 내가 정치인을 할 만한 재목이 아니라면? 정치인은 여러모로 이슈 메이커여야 하는데, 나는 원래 그런 성격이 못 되거니와 친구들 말을 빌리자면 '관종력'이 부족한 사람이다. 나는 다시 한번 허들 앞에서 주저할 수밖에 없었다. 정치를 하고 싶은 내 바람과 무관하게, 내가 정치와 맞지 않는 사람이라면 어떻게 해야 할지는 생각해 보지 않았기 때문이다.

하지만 아직 닥치지도 않은 일을 고민해서 무엇 하겠는가. 혹시나 나에게 기회가 온다면, 허들이 두려워 그냥 돌아가는 사람이 아니라, 걸려 넘어지더라도 씩씩하게 허들을 넘고 그 너머에 뭐가 있을지 모르지만 용감하게 헤쳐나가는 사람이 되고 싶다.

준비된 사람이고 싶다. 기회 앞에 당당한 사람이고 싶다. 이제껏 놓쳐왔던 많은 기회가 사실은 앞으로의 허들을 넘기 위한 발판이었다고 생각하고 싶다. 주저하는 나 자신에게 사람이기에 주저하기도 하고 두려워할 수도 있는 거라고, 괜찮다고, 얼마든지 부딪혀 보라고 말해주고 싶다.

인생이란 끝없이 이어지는 장애물 달리기와 비슷하다는 생각을 한다. 넘기 전에는 높아 보이기만 하던 허들도 넘고 나면 별것 아닌 것처럼, 어떤 일이 당장 눈앞에 닥쳤을 때는 대단히 큰일 같지만 지나가고 나면 그 역시 별일 아니다.

모두가 허들을 넘고 싶지는 않을 수도 있다. 혹은 넘다 걸려 넘어질 수도 있지. 아니면 그 근처만 종일 맴돌다 돌아올 수도. 하지만 그건 허들을 넘지 못한 게 아니라, 각자 자기만의 허들을 조금씩 넘고 있는 게 아닐까? 모두가 같은 속도로 같은 높이로 허들을 넘을 수는 없으니까.

그러니까 오늘도 내가 당면한 허들이 뭔지 한번 찬찬히 살펴보고, 뛰어넘을지 옆으로 돌아서 넘을지 아니면 오늘은 안 넘고 잠깐 쉴지 고민해 보도록 하자. 언젠가 우리는 그 허들을 넘어갈 테니까.

4

~~~~~~

오늘도
기꺼이 헤엄치는 이유

◊

하나 분명한 명제가 있다면,
강산은 순식간에 변하는 게 아니라
하루하루를 차곡차곡 쌓아 올리며
변해간다는 것이다.

Don't be
a plus size model

～

　　　～

　～

먹고사는 일은 중요하다. 예술가 중에는 정말 떠오르는 혜성같이 빛나는 신인으로 등장하는 사람도 있지만, 대부분의 사람들이 무명의 시기를 거쳐 겨우 빛을 보거나 그대로 어둠 속으로 조용히 사라진다.

　　어려서부터 모델이 되고 싶었느냐는 질문을 으레 받곤 하는데, 모델이 되고 싶었던 적은 없지만 사진 찍히는 것은 좋아하는 어린이였다. 미취학 이전의 사진을 보면 곧잘 포즈를 짓고 사진기 앞에 서 있는 나를 발견할 수 있다. 어릴 때부터 모델이 되기를 원했다면 나는 지금 플러스사이즈 모델이 될 수 있었을까.

나는 「도전! 수퍼모델 코리아」 시즌 1의 "당신이 주인공입니다"라는 캐치프레이즈에 끌려 홀린 듯이 서류 접수를 했다. 그게 시작이었다. 프로필 사진을 찍어 올리고, 인터뷰 영상을 만들고, 비키니 프로필을 찍는 전 과정을 사비로 진행했다. 나중에 알고 보니 모델 아카데미 출신 지원자들이 대거 뽑혔다. 아카데미에서 단체로 프로필 사진이며 영상 등을 준비해 준 것 같았다. 그렇게 2차 비키니 심사에 떨어졌다. 출발선이 다른 달리기 시합 같은 거였다. 근데 그걸 순진하게 나만 모르고 있었던 기분이었다. 얼굴이 화끈거렸지만 그래도 멈추고 싶지 않았다. 처음이었다. 잘하지 못해도 끝까지 해보고 싶은 일을 만난 것은.

나는 키가 작기에 일반 모델로 지원을 해서는 뽑히기가 어려웠다. 그래서 쁘띠 플러스사이즈 모델로 구글 검색을 해 유럽 에이전시를 몇 군데 찾아냈다. 그렇게 유럽으로 오디션 투어를 가려고 알아보던 차에, LA에서 미국 최대 규모의 플러스사이즈 패션 위크인 '풀 피겨드 패션 위크Full Figured Fashion Week'가 열린다는 걸 알게 돼 서류 준비를 시작했다. 접수를 하려면 워킹 동영상을 필수로 찍어 보내야 했는데 모델 쪽에는 완전히 문외한이었던 내가 워킹을 할 수 있을 리 만무했다. 앞서 얘기한 그 유명한 모델 아카데미에 일대일 워킹 수업을 등록했다. 수업 한 회당 한 시간이었고, 다섯 회에 50만 원쯤이었던 걸로 기억한다. 통장을 탈탈 털었다. 워킹을 위해 하이힐도 샀다. 거울이 있는 연습실을 빌리려니 너무 비싸서 운동장의 달리기 트랙에서 연습을 했다. 운동장에서 조깅을 하는 할머니들이 뭘 하는 거냐고 시시때때로 질문을 해왔다. 아무리 설명해도 알아들으실 리 없었기에 언제부터인가 그냥 운동하는 거예요, 라고 둘러댔다. 구두 뒷굽은 모래알에 금세 까졌다. 일단 까진 부분을 본드로 때워서 신었다.

그리고 모델들의 명함이라고 할 수 있는 콤퍼짓 카드를 만들기 위해 또 프로필 사진을 찍었다. 디자인은 '친구 찬스'를 썼다. 을지로에 가서 인쇄를 하는데 인쇄 기사님들의 눈이 휘둥그레졌다. 비키니 입은 뚱뚱한 여자애가 인쇄물에 찍혀 나오니 놀라실 수밖에. 그런 것에 놀라는 사람을 줄 세우면 끝이 보이지 않을 만큼, 나의 데뷔 여정은 험난하고도 험난했다.

1차 합격을 하고 2차 실물 면접을 보러 LA에 가야 했을 때 관계자에게 페이는 지급이 되는지, 호텔이나 식사는 제공되는지 물었다. '아무것도 제공되지 않으니 감당할 수 있겠거든 오라'는 대답이 돌아왔다. 사실 돌려서 오지 말라고 말한 것이나 다름없었는데, 그런 걸 재고 따질 여유는 내게 없었다. 나는 조금 망설였다. 하지만 의외로 아빠는 쿨하게 다녀오라고 했다.

"안 되면 놀다 오면 되지."

심플한 말이었다. 비행기 삯이라도 보태주고 다녀오라고 했으면 더 좋았겠지만.

적금을 헐었다. 다급한 일정 때문에 비행기표는 터무니없이 비쌌다. 트렁크에는 넣을 만한 게 많지 않았다. 워킹화와 신고 간 운동화 각각 한 켤레와 셔츠, 청바지, 자켓 한 벌씩 그리고 티셔츠 몇 장이 전부였다. 신용카드 수수료가 아까워 환전을 잔뜩 해갔는데 그게 세관에 걸려서 가방 검사를 하기도 했다. 다행히 뭐 하러 이렇게 현금을 많이 가져왔느냐는 질문에 어버버 대답하니 세관 직원은 귀찮다는 듯 나를 그대로 보내줬다.

그렇게 내던져지듯 LA 땅에 내려 총 59일을 체류하

고 돌아왔다. 딱히 금의환향이랄 건 없었다. 게다가 돌아오는 비행기표 값이 부족해 무려 외할머니에게 손을 벌려야 했다. 나는 다시 궁핍한 백수로 돌아왔다. 그러다 우연히 회사에 취직해 직장인이 되었다. 돈이 벌리니 즐거웠지만, 내 존재에 대해 늘 고민해야 했다. 그러던 중에 베네통 사진 콘테스트에 참가해 최종 20인 안에 들었다. 상금은 없었고 본사 1층에 전시했던 액자를 선물로 대신 보내줬다.

그리고 1년 후 나는 퇴사를 하고 속옷 쇼핑몰을 차렸다. 생각보다 쉽지 않았다. 모델 김지양과 모델 김지양을 고용해야 하는 사장의 마음은 공존하기 어려웠다. 그러다 아무도 나를 써주지 않는다면 내가 나를 고용하겠다는 마음으로 플러스사이즈 패션 컬처 매거진 〈66100〉을 창간했다. 어느 순간인가부터 인터뷰와 방송 출연 요청이 줄을 이었다. 유명 패션 잡지사들도 너도나도 인터뷰와 촬영을 요청했다. 하지만 그 어느 곳도 페이를 주지 않았다. 내가 모델로서 처음 돈을 벌었던 것은 〈얼루어〉의 화보 촬영으로, 무려 여섯 페이지에 걸친 단독 화보였다. 페이는 60만 원쯤이었다.

그리고 어느덧 내게 플러스사이즈 모델이 되고 싶은데 어떻게 해야 하느냐고 묻는 사람들이 생겨났다. 나는 난감했다. 아니, 고통스러웠다. 나조차도 모델로 생계를 유지할 수 없는 이 서슬 퍼런 현실에 대해 구구절절 이야기하자니 구차했고, 대책도 없이 꿈을 응원한다고 해도 되는지 막막했다. 그래서 나는 오랜 시간 그 질문에 아무 답변도 하지 않았다.

그러다 보니 오해를 사기도 했다. 나 혼자 스포트라이트를 독차지하려고 한다던지, 그런 식의 말이었다. 협업 제안 같은 것도 응하기 어려웠다. 늘 내가 스스로 기획해서 일을 벌이다 보니 남이 깔아놓은 판에 가서 어떤 역할을 해야 할지 어려웠다. 게다가 잡지 창간 이래로 아침 해가 뜨기 전에 잠들어 본 적이 거의 없었고, 그런 과로 상태에서 뭔가 새로운 일을 하는 것 자체가 쉽지 않았다.

인터넷에 진로 결정에 대한 유명한 밈meme이 있다. 'Don't be a lawyer.' 한 미국 드라마에 등장한 삽입곡에서 생겨난 밈인데, 이 밈에서 변호사는 의사가 되기도 하고, 심리학과 전공자, 은행원, 교사, 웹툰 작가가 되기도 하고 대학원생이 되기도 한다. 각 직업의 구린 점에 대해서 낱낱이 이야기하는 노래 가사를 들으며 나는 언젠가 '한국에서 플러스사이즈 모델 되기' 버전을 만들어야겠다고 생각했다.

기사나 영상이 나가면 악플과 성추행성 댓글에 시달리고, 제대로 된 일감은 1년에 한두 번 들어올까 말까 하고, 인터뷰는 아무리 많이 해도 돈을 주지 않으며 사람들은 당신을 어엿한 직업인이 아닌 그저 '뚱뚱한데 좀 신기한 사람' 정도로 취급한다. 이런 걸 모두 말해줘야 하는 것이 정말로 먼저 이 길을 걷기 시작한 사람으로서 지당한 소명이라면 나는 그 소명을 외면하기를 택해왔다.

누군가가 지금 내게 플러스사이즈 모델이 되겠다고 한다면? 나는 'Don't be a plus size model'이라고 대답하겠다. 하지만 '그럼에도 불구하고'라는 말은 얼마나 달콤하고 치명적인지.

우리는 '그럼에도 불구하고' 굳이 어려운 길을 선택해 나아간다. 만약 누군가 지금 내게 플러스사이즈 모델이 되고 싶다고 한다면, 나는 모델이란 직업은 그저 예쁜 옷을 입고 사진에 찍히는 일이 아니라 '나만의 삶의 태도를 갖는 일'이라고 말해주고자 한다. 돈은? 미안하지만 나도 아직 모델로서 이렇다 할 만큼 벌어본 적이 없어서 차마 말할 수 없다. 하지만 내면에 있는, 내가 가진 신념과 이상과 가치, 그리고 전하고자 하는 메시지를 온몸으로 표현하는 일은 정말이지 짜릿하다. 이것만큼은 자신 있게 말할 수 있다.

플러스사이즈 모델이 되겠다는 당신의 앞길이 얼마나 험난할지 나는 알 수 없지만, 일단 당신의 용기에 경의를 표하고 싶다. 굳이 어려운 길을 가겠다는 당신의 발자국 옆에 먼저 나선 나의 발자국이 있을 테니 외로워하거나 두려워하지 말기를. 그리고 그렇게 당신만의 발자국을 길 위에 새겨나가기를 빈다.

LA,
만파식적이 연주되는 곳

가끔 미국에 얼마나 오래 살았느냐는 질문을 받는데, 참 난감하게도 나는 길다면 길고 짧다면 짧은 59일간 '체류했다.' 살았다는 말보다는 체류했다는 말이 조금 더 어울리는 기간이다.

나는 2010년, 풀 피겨드 패션 위크에 참가하려 무작정 LA에 갔다. 아는 사람도, 친척도 아무도 없는 땅이었다. 커다란 캐리어를 들고 전철을 타러 다운타운에서 할리우드 역까지 가는 동안 옆자리 아저씨가 말을 걸어왔다. 어디서 왔는지, 어딜 가는지. 지금 생각해 보면 겁도 없이 한국에서 왔고, 모델이 되려고 오디션을 보러 왔다며 신나게 이야기해 댔다. 아저씨는 정말 대단하다며 행운을 빈다고 엄지를 치켜들어 줬고 나는 고맙다며 손을 흔들고 헤어졌다. LA는 나에게 환대의 땅이었다.

사람들은 대체로 친절했다. 심지어 노숙인마저도 나에게 친절히 길을 가르쳐줬다(그 대가로 돈을 원한다는 걸 알아채지 못한 나의 탓도 있겠다). 로밍해 온 데이터가 줄어드는 게 식은땀이 나긴 했지만, 구글 맵과 '익스큐즈미' 한 문장이면 무서울 것이 없었다.

가진 돈이 많지 않아 가장 저렴한 6인용 남녀 혼실에 묵었다. 벙커 침대 세 개가 있었는데 체크인한 사람은 나 혼자뿐이었다. 나는 들은 대로 자물쇠에 캐리어 지퍼를 연결해 침대에 묶어두고 식량 사냥에 나섰다. 정말 너무 배가 고팠지만 먹을 게 생각보다 많지 않았다. 팁에 상대적으로 조금 자유로워 보이는 패스트푸드점을 찾아다니다 핫도그 가게를 발견했다. 레모네이드와 플레인 핫도그를 주문했다. 선 것도, 앉은 것도 아닌 것 같은 높은 의자에 엉거주춤 엉덩이를 걸치고 오후의 햇살을 차양 너머로 느끼며 소시지와 빵을 씹었다.

일단 첫 '혼밥' 미션은 클리어했고, 그다음으로 저녁

거리와 내일 먹을 몫까지 해결할 음식을 사러 마트를 찾아 나섰다. 겨우 찾은 가게에서 2리터쯤 되는 물 한 병과 바나나, 계란, 우유, 양상추와 시저 드레싱을 샀다. 그러나 내가 샐러드를 그렇게까지 매일 먹을 만큼 좋아하지 않는다는 것을 바로 다음 날 아침을 먹으며 깨달았다. 스크램블드에그를 매일같이 먹으면 계란 비린내가 느껴진다는 것도 알게 되었다. 그리고 아무리 싸다는 장점이 있다 해도, 2리터짜리 물을 들고 거의 2킬로미터쯤 되는 길을 걸어오면 땡볕에 사람이 녹아내릴 수 있다는 것도 알 수 있었다. LA에서의 생활은 걷고 또 걷기의 연속이었다.

면허도 없고, 돈이 많지 않으니 택시를 탈 수도 없고, 그저 버스 아니면 지하철, 그리고 도보뿐이었다. LA는 보행자에게 아주 친절한 도시는 아니었다. 블록과 블록 사이는 꽤 멀고 길과 길 사이도 제법 거리가 있었다. "한 블록만 가면 돼요"라는 말이 "바로 앞이에요"라는 뜻이 아니란 것은 보름 정도가 지나서야 알게 되었다.

걸으면서 보이는 것들은 많았다. 거리에는 노숙자들이 넘쳐났고, 히스패닉 계열의 노점상들이 저녁이면 너 나 할 것 없이 같은 메뉴(구운 소시지와 볶은 양파, 소스를 빵에 넣은 핫도그 비슷한 것)를 팔고 있었다. 버스를 타는 장애인이 많았고, 승객 모두 그들이 버스에 안전하게 탈 때까지 당연하게 기다려줬다. 버스에 설치된 거치대에 자전거를 싣고 탈 수도 있었고 임산부나 아이를 보면 너도 나도 자리를 양보했다. 여느 번화가와 다르지 않게 호객꾼이 있었고 관광객들은 그들을 무심히 지나쳤다.

내가 머물던 할리우드 대로변에는 대형 영화들의 프리미어 행사가 열리는 '코닥시어터'와 '차이니스시어터'가 있어 영화배우들이 레드카펫 위에서 사진 촬영을 하는 일이 부지기수였다. 찬란한 스포트라이트를 받는 배우들을 눈앞에서 볼 수 있는 건 즐거웠지만, 그 때문에 버스 운행이 예고 없이 중단되는 경우가 빈번해 난감할 때가 더 많았다.

그리고 이곳은 성인용품점과 타투숍의 천국이었다. 한 번은 패션쇼 개인 준비 물품에 '스팽스(미국의 유명 보정 속옷 브랜드로, 그 브랜드에서 나오는 보디 슈트를 대명사 '스팽스'로 통칭해 부른다)'라는 게 있었는데, 대체 그게 뭔지 아무리 검색해도 나오질 않았다. 다행히 주변에 물어물어 정체는 파악했는데, 이번에는 가격이란 벽에 부딪혔다. 백화점에 가보니 70불, 당시 한화로 대략 8만 원이 넘는 금액이었다. 나는 왠지 할리우드 대로변의 성인용품점에서도 비슷한 제품을 팔 것 같다는 생각을 했고, 이 예상은 완벽히 들어맞았다. 상점 주인은 친절하고 상냥했다. 긴장한 채 숍에 방문한 내게 원하는 제품이 있느냐고 물어봐 줬고 스팽스와 비슷한 제품을 찾아줬다. 나는 스팽스의 반의 반 값도 안 되는 20불에 비슷한 제품을 여러 개 구매해 무사히 쇼를 마칠 수 있었다.

하지만 모두가 친절하기만 하지는 않았다. 차가 없으니 패션쇼 전야제 파티에 버스를 타고 가야 했는데, 머리부터 발끝까지 꾸미고 정류장에 서 있는 내게 지나가는 차들이 경적을 울려대며 캣콜링catcalling을 해댔다. 심지어 할리우드 대로에 무슨 공사가 있어 버스 노선이 변경되기까지 했다. 나는 다른 버스가 지나다니는 길까지 부랴부랴 택시를 타고 가 겨우 버스에 탈 수 있었다. 그렇게 아슬아슬하게 버스에 탄 것까지는 괜찮았으나, 이번에는 어떤 머리에 피도 안 마른 것으로 보이는 남자애가 말을 걸어왔다.

"안녕, 오늘 기분은 어떠니? 어디까지 가니, 이름이

뭐니, 너 너무 멋지다, 예쁘다, 연락처를 받을 수 있을까, 너와 또 만나고 싶어, 나와 데이트해 줄래?"

한국에서는 절대 들을 수 없는 말들이라 처음에는 달콤했으나 사탕도 계속 먹으면 턱이 아프다. 사탕발림도 정도껏이지, 나는 친절을 가장한 그런 플러팅이 좀 지겨워지기 시작했다.

그러나 지금도 떠오르는 좋은 순간들이 있다. 절대 질리지 않는 풍경들. 나는 저녁이면 카디건을 걸쳐 입고 동네 마트에 가는 걸 좋아했다. 가는 길에는 커다란 사이언톨로지scientology 교당이 있었는데, 말로만 듣던 종교의 존재를 두 눈으로 직접 보는 것은 신기한 경험이었다. 마트에 가면 고기를 사 먹을 돈은 없으니 그 대신 육포와 금붕어 모양 과자를 매번 사왔다. 심지어 금붕어 모양 과자는 너무 양이 많아 일주일간 그것만 먹기도 했다.

그리고 파머스마켓의 쌀국수와 국물. 그 진한 고기국물과 향을 눈앞에 두면 술도 마시지 않았는데 해장을 하는 기분이었다. 그곳에는 한식을 빙자한 국적 불명의 잡탕 도시락을 파는 코너도 있었는데, 한식에 대한 향수를 달래기에는 역부족이었지만 코리아타운까지 가기는 너무 멀었으므로 그것이 최선이었다. 과일은 너무나 저렴했다. 2불이면 다섯 개를 살 수 있는 망고는 나를 파머스마켓과 사랑에 빠지게 하기에 충분했다. 파머스마켓에 가려면 전철을 타고도 한참을 가야 했지만, 일주일에 한 번은 장바구니를 들고 꼭 파머스마켓에 가서 과일을 다 먹지도 못할 만큼 한가득 사 오곤 했다.

버스를 타고 선셋 대로를 달려 석양을 보는 일은 또 어떤가. 해가 지는 방향을 따라 버스를 타고 베니스나 샌타모니카 해변으로 가다 보면 세상이 오늘 끝난대도 괜찮을 것 같은 낭만적인 기류가 아지랑이처럼 피어올랐다. 아메리칸드림을 품고 정착한 이민자들이 많았기에 왠지 나도 그들 사이에서 이 도시의 일원으로 살아갈 수 있지 않을까, 하는 막연한 기대를 품기도 했다. 해외에 많이 나가보진 않았지만, 꼭 한 군데에서 살 수 있다면 LA를 꼽을 정도로 나는 LA와 사랑에 빠졌다.

나에게 LA는 떠올리는 것만으로도 세상의 근심과 걱정이 모두 사라지는 곳이다. 마치 『삼국유사』에 나오는, 왕이 불기만 하면 나라의 모든 근심과 걱정이 해결되었다는 피리 만파식적처럼 말이다. 비록 59일간의 짧은 시간이었지만 그곳에서 느낀 사람들의 다정함, 따뜻한 햇살, 풍족한 자원, 365일 북적이는 여행객들 사이에서 이방인의 외로움을 잠시 내려놓을 수 있었던 그 도시 특유의 활기를 나는 환갑이 되어서도 그리워할 것 같다.

눈을 감고 베니스 해변의 파도 소리를 떠올린다. 처음 마주했던 태평양의 거대한 바다를 눈앞에 펼쳐놓는다. 그리고 거기에서 들려오는 고요하고 장엄한 만파식적의 소리를 상상한다. 오늘도 나는 그리워한다. 나의 LA, 만파식적의 도시를.

도돌이표
너머의 요리

누군가 하고 싶은 일을 말해보라고 하면 아랫배에 힘이 들어간다. 우선 66100 신제품도 제작해야 하고, 섭식장애 자조 모임도 시작해야 하고, 새 단행본 준비에도 들어가야 하고, 정치인이 되려면 대체 어떻게 해야 하는지도 이제 슬슬 탐색해 봐야 한다.

결국 말은 '하고 싶은 일'인데, 실상 '해야 하는데 시간이 없어서 아직 하지 못한 일'을 열거하게 된다. 정확히는 숙제처럼 남아 있는 일들만 말하게 된다. 하지만 이 일들이 자꾸만 미뤄지는 데는 시간 부족 외에도 마땅한 이유가 있다. 자금이나 인력이 받쳐주지 못해서, 전문가 섭외비를 참가비에 어떻게 적절히 녹일 것인가 하는 고민 탓에, 시간, 돈, 인력, 모든 게 부족해 시작 자체가 불가능하거나 어디서부터 어떻게 시작해야 할지 도저히 엄두도 나지 않는 등 이유를 대자면 수십 몇 가지를 줄줄이 댈 수 있다.

하지만 '정말' 하고 싶은 일을 말해보라고 하면 이야기가 달라진다. 우선 숨을 크게 들이쉬어야 한다. 그리고 진짜 진짜 하고 싶은 일을 골똘히 생각해 내야 한다.

나는 친구들에게 농담 반 진담 반으로 "사업 접으면 하와이에서 김밥 팔 거야"라고 말하곤 했다. 누가 죽기 전에 딱 한 가지 음식만 먹을 수 있으면 뭘 고르겠냐고 묻는다면 김밥이냐 된장찌개냐를 두고 숨이 깔딱깔딱 넘어가기 직전까지 고민할 정도로 나는 김밥을 좋아한다. 우엉을 조리고 당근을 채 썰고 계란을 부쳐 흰밥을 얄따랗게 김에 펼쳐 도르륵 말아내는 것. 나는 그 행위에서 일종의 경건함마저 느낀다. 스쾃은 100개를 못 하지만, 김밥 100줄은 경건한 마음으로 거뜬히 말아낼 자신이 있다.

하와이는 나의 신혼여행지였다. 우리는 둘 다 면허

도 없으면서 용감하게 하와이를 신혼여행지로 골랐다. 여느 미국령이 그러하듯, 하와이 역시 차 없이는 여행이 쉽지 않았다. 나는 말하는 데 어려움이 없고 남편은 읽고 쓰는 데 어려움이 없으니 별일이야 있겠냐 생각했다. 버스를 타고 걸어 다니며 천천히 바라보는 하와이는 고즈넉하고 아련히 아름다웠다. 석양은 느리게 졌고 태양은 빠르게 떠올랐다. 우리는 먼 훗날에 관해 이야기했다. 언젠가 다시 하와이에 오자고, 은퇴 후에는 하와이에 살면 좋겠다고 했다.

아니면 LA에서 떡볶이 장사를 하는 건 어떨까. 생각만으로도 너무 설레서 이미 샌타모니카 해변의 햇살이 머리 위로 내리쬐는 것 같았다. 나는 생리를 시작하기 전날이면 본능적으로 떡볶이를 떠올리는 병을 앓고 있다. 패션 위크를 위해 처음 간 LA에서 마침 생리를 하게 돼 그토록 떡볶이가 먹고 싶었는데, 도대체 파는 곳이 없었다. 하다못해 멀쩡한 가래떡 한 줄 파는 곳도 없으니 만들어 먹을 수도 없어 시름시름 앓기만 했다. '아무도 안 하면 내가 하면 된다'가 나의 좌우명 중 하나인데, 모델이 아니라 떡볶이 장사를 해야 하나 진심으로 고민했을 정도였다.

아니면 강릉 사천진 해변에서 타코야키를 파는 것도 좋겠다. 문어랑 덴카스(튀김 부스러기)를 잔뜩 넣은 주먹만 한 타코야키를 만들어서 여름이고 겨울이고 할 것 없이 파는 것이다. 서핑을 하고 들어오는 사람도, 겨울바람을 맞으러 온 커플도, 가족 나들이를 온 꼬마도 모두 타코야키 위에서 하늘하늘 춤추는 가쓰오부시를 보며 즐거워하는 모습이 눈에 선하다.

나의 타코야키 사랑이 얼마나 크냐면, 전국 타코야키 트럭의 위치를 알 수 있도록 구글맵에 표기해서 모두가 볼 수 있게 만들었을 정도다. 보통 여름에는 찾기 힘든 타코야키 트럭도 나의 '대동타코야키여지도'에서는 모습을 드러낸다. 타코야키를 좋아하는 많은 사람과 함께 이 작업을 해냈다는 것도 뿌듯했지만, 내가 필요할 때 언제든 갈 수 있는 타코야키 트럭 정보가 있다는 것은 너무나 큰 만족감을 준다. 물론 이제는 '배달의민족'에서 타코야키를 검색하기만 해도 24시간 배달해 주는 타코야키 가게가 줄줄이 나오지만, 그래도 길거리에서 우연히, 혹은 동선에 있는 타코야키 트럭을 일부러 찾아가서 포장하거나 먹고 오는 낭만이 주는 감각은 늘 그립다. 그렇기에 나는 포장마차 안에서 타코야키를 굽는 나와 타코야키를 호호 불어가며 먹는 사람들에 대한 상상을 멈추기 어렵다.

　대학 시절 홀로 밥을 먹던 쓸쓸함, 현재 하는 일에서 오는 막중한 책임감, 벗어나고 싶은 현실들이 버무려져 내일을 생각하지 않아도 되는 곳으로 나를 보낸다. 사람들이 주로 휴양지나 휴가지로 가고 싶어 하는 곳, 내가 가본 곳 중에서 제일 좋았던 곳이 후보지가 된다. 그리고 가장 좋아하는 음식을 섞으면, 짜잔- 하고 내가 진짜 하고 싶은 일이 된다.
　하지만 왜 하필이면 음식일까. 정말 하고 싶은 일은 내가 지금 어디에 서 있는가를 기준으로 정의 내려지게 마련이다. 만약 내가 음식을 업으로 삼고 있었다면 또 다른 일을 찾아 헤맸을지도 모른다.
　매일같이 한자리에서 같은 음식을 만들어내는 일에는 생각보다 장인 정신이 필요하다. 같은 공정을 반복하며 지루해하지 않을 수 있는 끈기도 필수다. 이른 시간부터 재료를 준비할 체력 역시 마찬가지다. 내가 요리하며 가장 힘들었던 점이 오래 서서 일해야 한다는 것이다. 힘들게 일을 하니 살이 빠지리라고 많이들 생각하지만 오래 서 있다 보니 부종도 심해지고, 남들이 밥 먹을 시간에 일하고 일할 시간에 밥을 먹으니 살이 찔 수밖에 없다. 그래, 세상에 쉬운 일은 없다. 하지만 하면서 즐거운 일은 있을 수 있다. 내 경우에는 그게 요리였다. 요리는 내 세계관을 견고하게 만드는 역할을 했다.

진짜 하고 싶은 일이 뭐냐는 질문에 나는 늘 먹을 것과 사람을 동시에 떠올린다. 아이러니하게도 가장 가까이하지 않으려 애쓰는 엄마 버전의 된장찌개와 외할머니의 생선젓국찌개 같은 음식을 떠올린다. 늘 그리운 이모가 해준 밥 역시 생각한다. 어느 해의 생일, 친구들을 잔뜩 불러 함께 호텔 뷔페에서 했던 생일파티도 생각난다. 아빠가 회식에서 먹고 돌아와 이거 맛있는 거야, 라며 같이 먹으러 가자고 해서 처음 먹어봤던 쌀국수도 기억난다.

　남편이 깜짝 프러포즈를 했던 남산N타워의 빙글빙글 돌아가는 레스토랑의 스테이크도 맛있었지. 한번은 남편과 연애하던 시절, 내 생일날 데이트 때 재미있는 일이 있었다. 원래 가려던 식당에 웨이팅이 너무 길어 근처에 있는 다른 식당에 갔는데, 코스 요리가 너무 비싸서 1인분만 시켜서 둘이 나눠 먹고 나왔다. 창피하고 민망할 법도 했지만, 우리는 나중에 돈 많이 벌면 4인분을 시켜서 둘이 배부르게 먹고 나오자며 킥킥 웃어넘겼다.

이렇듯 나는 밥을 먹는 동안만큼은 혼자이지 않기를 바란다. 그렇기에 남들도 그러하리라고 멋대로 생각하기로 했다. 내가 받고 싶은 만큼 행하라는 말처럼, 맛있는 음식을 잔뜩 해서 사람들을 먹이고, 그 사람들이 기뻐하는 얼굴을 머릿속에 그리면 왜인지 모를 안도감에 사로잡힌다.

세상에서 제일가는 보시布施가 배고픈 사람 밥 먹이는 것이라고 배웠다. 사람들이 배고프고 서러운 순간에 나와 나의 음식을 떠올렸으면 한다. 그를 통해 나의 맘속 허기도 달래지기를, 요리를 전공하길 잘했다고 생각할 수 있기를 바란다.

고양이
호랭

나는 소위 말하는 '펫 퍼슨^{pet person}'은 아니었다. 엄마 아
빠에게 강아지를 키우게 해달라고 졸라본 적도 없고, 새
나 햄스터, 물고기나 거북이 등에도 관심이 없었다.

　　아주 어릴 때 길을 걷다가 비둘기를 밟을 뻔한 이후
로 새 공포증이 생겼고, 초등학교 6학년, 교실에서 키우
던 햄스터가 암수를 분리해 주지 않은 탓에 서로를 공격
해 죽인 걸 본 다음부터는 소동물 공포증이 생겼다. 그리
고 또 초등학교 6학년 때 조그마한 물고기가 든 작은 어
항을 생일 선물로 받았는데, 그 안에 있는 물고기들도 얼
마 가지 않아 배를 뒤집고 죽어버렸다. 그러다 보니 딱히

동물을 키우고 싶지도 않았고, 애정을 가지지도 않았다.

그런 내게 호랭과의 만남은 마치 교통사고 같았다. 우연히 코너를 돌다 쿵 하고 부딪힌 것처럼 나는 허둥댔고 어쩔 줄 몰라 했으며, 호랭은 다쳐 있었다.

날카로운 유리조각 같은 것에 발가락을 베어 제대로 걷지 못하자 어미는 호랭을 두고 이소離巢를 했다. 버려진 꼬마 고양이는 애처롭게 울어댔고, 나의 지인은 평소 밥을 주던 자리 근처에 있는 호랭을 발견하고 데려왔다. 하지만 대학원생에 자취생 신분이던 그는 고양이를 케어할 만한 형편이 못 돼, 커뮤니티 게시판에 호랭의 이야기를 올렸다.

그걸 본 나는 뭐에 씐 듯이 연락을 해서는 "내가 데려갈게"라고 말해버렸다. 충동적이었지만, 갈 곳도 돌봐 줄 사람도 없이 우는 아기 고양이가 나를 향해 소리치는 것 같은 기분이었다. '나를 데려가 줘요, 나를 보살펴 주세요, 나를 살려주세요' 하고. 마치 나를 보는 것 같았다. 언젠가의 나는 아무도 없이 다치고 버려진 새끼고양이와 다르지 않았다. 그 당시의 내게는 아무도 없었지만 그래도 이 작은 생명에게는 나라는 사람이 있어주면 좀 더 낫지 않을까, 하는 오만한 마음이었다.

아직 이름도 없던 호랭을 대전에 가서 **KTX**를 타고 데려와서는 동물병원으로 갔다. 그제야 호랭이라는 이름이 생겼다. 호랑이를 닮아서 호랭. 내가 호랑이띠여서 호랭.

의사 선생님은 발가락이 정상적으로 기능하진 못하겠지만 절단해야 할 정도는 아니라며, 걷는 데는 문제가 없을 테니 걱정하지 말라고 말씀하셨다. 천만다행이었다. 필요한 물품을 간단히 사서, 케이지도 없이 호랭을 후드 티 가슴팍에 밀어넣고 집으로 돌아왔다. 본격적인 육묘는 그때부터 시작되었다. 아직 아기 고양이인 호랭은 네 시간에 한 번씩 진종일 수유를 해줘야 했는데 이는 갓난아기를 돌보는 것과 다름없었다. 나는 걸핏하면 꾸벅꾸벅 졸았고, 호랭은 요령 없이 내미는 나의 젖병을 잘만 빨아줬다. 그러다 사료를 먹기 시작했다. 제대로 된 밥그릇도 없어 종이컵을 잘라 만든 밥그릇에 준, 그런 초라한 사료를 호랭은 잘만 와구와구 먹어줬다. 그만큼 무던한 고양이였다.

그러다 본격적으로 사고를 치는 시기에 접어들었

다. 두루마리 휴지는 보이는 족족 갈기갈기 찢어놨고, 밤낮으로 '우다다'를 멈추지 않았다. 그때까지만 해도 고양이 장난감 같은 것들이 별로 없었고, 고양이와 사냥 놀이를 해줘야 한다는 사실 자체도 많은 사람이 잘 모를 때여서 호랭이 고생을 톡톡히 했다. 심심하고 놀고 싶은데, 인간은 호통치기 바빴으니 말이다. 지금도 바쁘다는 핑계로 호랭과 잘 놀아주지 못하는데, 그때는 더하면 더했지 못하지 않았을 것이다.

그렇게 시간이 흐르고 나는 복학을 준비했다. 나는 너무 자연스럽게 호랭을 내 인생 계획에 포함시키지 않았고 이미 고양이 두 마리를 키우고 있던 이모네 집에 호랭을 보내려 준비했다. 심지어 중성화도 시키지 않은 채였다. 그만큼 고양이에 대해 무지했던 것이다. 그렇게 호랭은 이모네 집에 보내졌고, 나는 오랜 시간 호랭을 잊고 지냈다.

그러던 어느 날, 셰어하우스를 운영하며 살던 내게 찾아온 미칠 듯한 외로움에 문득 호랭을 떠올렸다. 나는 이모에게 곧장 연락해 호랭을 데려가겠다고 이야기했다. 이모는 그제야 호랭이 많이 아팠노라고 이야기했다. 밥을 먹지 않아 강제로 튜브 급식을 해야 할 정도였다고 했다. 같이 살던 고양이 치즈가 이웃이 놓은 쥐약을 먹고 죽은 걸 보고 충격을 받았는지 식음을 전폐했다는 사연이었다. 다행히 호랭은 빠르게 회복했고, 곧 직접 사료를 먹기 시작했다고 했다. 감사한 일이었다.

고맙게도 호랭은 나를 알아봐 주었다. 머리 박치기를 하며 야옹야옹 내 다리에 몸을 비벼댔고, 가만히 안겨 그릉그릉 소리를 냈다. 그렇게 호랭은 나와 다시 인생 3회 차를 살기 시작했다. 호랭은 손님들에게 인기 만점이었다. 누구에게나 호의적이었고 늘 사람들을 환대해 줬다. 호스트인 나보다도 더 손님맞이에 탁월했다.

그렇게 즐거운 시간을 보낸 것도 잠시, 나는 셰어하우스를 정리하고 엄마 집 옥탑방으로 들어가게 되었다. 집은 더 좁아졌고 엄마는 뭐 하러 고양이를 키우느냐고 구박했지만, 나는 이번에야말로 호랭을 꿋꿋이 지켜냈다. 그리고 얼마 지나지 않아 엄마는 호랭과 사랑에 빠졌다. 호랭처럼 다정한 고양이와 사랑에 빠지지 않는 것이 도리어 이상한 일이니, 어쩌면 당연한 결과였다.

그런데 어느 날 엄마가 황태를 사다가 물에 불려 호

랭에게 간식으로 줬는데 그게 사달을 냈다. 나트륨이 너무 많이 함유된 탓에 호랭이 급성신부전으로 병원 신세를 지게 된 것이다. 엄마는 어쩔 줄 몰라 했다. 좋은 마음에 간식을 줬는데, 병이 날 줄은 꿈에도 몰랐을 것이다.

어릴 때부터 아픈 발가락이며, 식욕 부진으로 목에 관을 삽입해서 강제급여를 하는 등 병치레가 많았던 탓에 호랭은 병원 근처에만 가도 금방이라도 죽을 듯이 울었다. 피검사도 쉽지 않았다. 몇 번의 시도 끝에 혈관을 찾아 바늘을 찔러 넣어도 심하게 몸부림을 치는 탓에 바늘이 빠져버리곤 했다. 그렇게 우여곡절 끝에 호랭은 거의 열흘을 입원해 있다가 퇴원할 수 있었다. 엄마는 호랭이 퇴원하자 밥을 제대로 안 먹는 것 같다며 사료를 갈아서 물에 갠 후 죽을 만든 다음 수저로 직접 떠먹여 가며 병수발을 들었다.

그렇게 호랭은 열일곱 살이 되었다. 치아 흡수성 병변과 신부전으로 약을 먹고 칫솔질 대신 약을 발라주는데, 다행히 약에는 호의적이라 크게 나빠지지는 않은 채다.

고양이가 있는 삶이 어떠냐고 누군가 물으면 나는

육아와 크게 다르지 않다고 이야기할 것이다. 때 되면 밥 먹이고, 물그릇을 소독해 주고, 간식을 먹이고, 놀아주고, 안아줘야 하는, 그리고 외출하면 나만 기다리고 앉아서 몸을 웅크리고 잠드는 생명체가 고양이라고 답해주겠다.

고양이를 키우게 되면 세상의 모든 고양이가 다 내 고양이인 것처럼 예뻐 보인다. 길을 지나가다가 수척해 보이는 길고양이를 만나면 마음이 짠해 어쩔 줄 모르게 되고, SNS에 올라온 남의 집 고양이를 보며 우리 집 고양이도 못지않게 예쁘다고 생각하게 된다. 그런 게 집사의 마음이다.

나는 호랭이 고양이 별로 떠나면 세상을 잃은 듯이 슬퍼하고 후회하리라는 걸 안다. 하지만 그럼에도 충분히 안아주고 충분히 놀아주고 충분히 예뻐해 주지 못할 거라는 것 또한 안다. 고양이를 키우면 알게 된다. 동물을 키우는 일에 '충분한' 건 없으며, 아무리 사랑해 줘도 모자란다는 것을. 그리고 언젠가 후회하게 되리란 것을.

자고 일어나면 내 머리맡에서 야옹야옹 밥을 달라 보채는 나의 호랭. 나보다 밥이 더 좋은 이 작은 생명체가 오래도록 내 머리맡에서 밥 달라며 나를 깨워줬으면 한다. 사고를 쳐서 화를 내도 그저 내가 좋기만 한 나의 호랭. 사고를 친 것을 수습하며 화가 나다가도 고양이가 사고치는 것 말고 뭘 하겠어, 라며 피식 웃게 만드는 나의 고양이. 대학도 가고 대학원도 보내고 유학도 보내고 싶은 나의 호랭.

　'네가 떠난 나의 삶을 상상조차 할 수 없으니 그저 오래도록 함께할 수 있기를.' 그 소원을 바라는 것 말고는 할 수 있는 일이 없다는 게 반려동물을 키우는 모든 사람의 비극일 것이다.

강산은
차곡차곡 변한다

사장으로 산다는 것은 괴로운 일이다. 준비된 사장도 있
겠으나 그렇지 않은 경우도 물론 있다. 나는 역시나 후자
였는데, 정신을 차려보니 세무서에서 사업자등록증을 만
들고 있었다.

내가 처음 《66100》을 만들기 시작했을 무렵은 독
립출판의 황금기였다. 사업자 없이 독립출판으로 책을
만드는 사람들이 많았고, 오히려 출판사 등록을 해서
ISBN(국제표준도서번호)을 받는 사람이 드문 시대였다.

나는 그 당시 서울시 아이디어 경진대회에서 상을
받고 마무리 행사의 판넬 제작을 의뢰받았는데, 정산을

하려면 사업자등록증이 필요하다고 했다. 그게 사업자등록을 한 최초의 이유였다.

그리고 쇼핑몰을 운영하게 된 결정적인 계기는, 《66100》을 만드는 동안 옷을 협찬해 주는 업체를 찾기가 너무 어려웠기 때문이었다. 동대문에서 옷을 직접 사입해 화보를 찍을 수밖에 없었고, 그 옷을 어찌할 수 없어서 쇼핑몰을 운영하기 시작한 것이었다. 사실 '그러다가 너도 쇼핑몰 하려고 그러지?'라는 악플 세례에 오래도록 '쇼핑몰 노이로제'에 시달려 온 나였기에, 쇼핑몰만큼은 하고 싶지 않았다.

하지만 어떤 일은 하고 싶지 않다고 해서 하지 않을 수 없었다. 정신을 차리고 보니 나는 어느새 쇼핑몰을 운영하고 있었고, 처음엔 세 명이던 직원은 나 혼자가 되었다가 알바가 있었다가 다시 직원이 있는 상태가 되었다.

대충 구색만 갖추고 싶지는 않았다. 한다면 제대로 하고 싶었다. 그렇게 탄생한 쇼핑몰 66100의 서비스 중 하나가 방문 착장이다. 예약제로 운영되며, 간단한 질의응답을 통해 원하는 제품과 스타일을 확인한 후 사이즈를 측정한다. 그러고는 제품을 추천해 드리는데, 여기에 대한 고객들의 만족도가 매우 높다. 그리고 유료 서비스인 일대일 컨설팅은, 옷을 어떻게 입어야 할지 전혀 모르겠다거나 스타일에 대한 조언이 필요한 사람들이 주로 신청한다.

이때 설문으로 나의 현재 스타일과 원하는 스타일을 적게 하는데, 현재 스타일로 제일 많이 꼽은 단어가 '무난한'이고 원하는 스타일로 제일 많이 꼽은 단어는 '깔끔한'과 '단정한'이다. 이는 시사하는 바가 많다. 사람들은 특징이 없고 개성이 없는 상태를 주로 '무난하다'는 말로 표현한다. 그리고 깔끔하고 단정해 보이는 것을 선호하는 현상은 지금까지 옷을 입었을 때 깔끔하고 단정해 보인 경우가 별로 없었다는, 즉 옷이 몸에 잘 맞고 편안한 상태인 적이 거의 없었다는 뜻이기도 하다. 얼마나 슬픈 일인지. 그래서 스타일을 찾기 전에 일단 '내 몸에 잘 맞는' 옷부터 먼저 찾는 것이다.

'플러스사이즈 쇼핑몰'에 오는 손님이라면 전부 심한 고도비만일 거라고들 생각하지만 실상은 그렇지 않다. 손님들은 허리 32인치만 넘어도 맞는 바지를 살 곳이 없다며 찾아오거나 가슴둘레 100cm를 넘으면 맞는 상의를 찾기 힘들다며 고통을 호소한다. 이런 비현실적인 세상에서 내게 잘 맞는 옷 한 벌을 찾지 못해 고통받는 사람이 있다면 도와야 마땅하다고 생각한 것이 바로 66100 쇼룸의 시작이었다.

대부분의 손님들은 급한 일정을 앞두고 방문하곤 했다. 다음 주에 신혼여행을 가는데 맞는 수영복이 없다고 방문하신 분, 이번 주말이 오빠 결혼식인데 마땅히 입을 옷도, 맞는 옷도 찾기 어렵다며 오신 분, 친구의 결혼식에서 축사를 하기로 했는데 맞는 바지가 없다는 분 등, 시간 여유를 갖고 오는 손님은 생각보다 손에 꼽았다.

그런가 하면 특별한 날에 입을 옷을 찾는 분들뿐 아니라 평소 체형 때문에 고민이 많은 분들도 66100을 찾았다. 엉덩이, 허벅지가 허리 사이즈에 비해 커서 맞는 바지 찾기가 하늘의 별 따기인 분, 가슴이 커서 고민인 분, 팔뚝 살이 있어 셔츠가 잘 들어가지 않는 분, 목이 짧아 셔츠가 어울리지 않는데 당장 면접이라 어울리는 셔츠를 찾아 입어야 하는 분 등 다양한 고민을 가진 손님들이 쇼룸을 찾아주셨다.

엄마가 사다 주는 옷만 입다가 이제는 내가 원하는 옷을 입어보고 싶다고 하셨던 분, '너는 뚱뚱하니까 이런 옷이 아니라 저런 옷을 입어야 한다'는 엄마의 잔소리에 질려 방문한 분, 이제껏 추리닝에 티셔츠만 입고 다녔는데 스타일 변신을 해보고 싶다는 분……. 손님들의 사연은 다양했다. 아래는 그 손님들이 남겨주신 실제 후기들이다.

대표님 당신은 천재만재……. 사시는 내내 돈길만 걸으소서……. 방문해서 착장, 주문하고 오늘 택배 수령했습니다. 상점 거울의 왜곡과 미화를 어느 정도 감안하고 있었습니다만 웬걸요. 제 방 거울로 봐도 모든 옷이 Sooooo amazing! 무엇보다도 안 입은 듯한 소재에 다시 한번 감동했습니다. 까다로운 저희 엄니께서 버릴 게 하나도 없다며 앞으로 대표님한테서만 옷 사라셔요. 참, 정장 셋업 바지는 클 수 있으니 밴드 수선을 권하셨는데 오늘 입어보니 꼭 맞았습니다. 그새 제가 살이 찐 걸까요, 대표님의 배려 덕일까요? 아무래도 후자인 것 같습니다. 감사합니다.

방문 착장은 색다른 재미를 위해 신청했습니다만 그 이상의 가치로운 경험이었습니다. 옷들을 입을 때마다 기뻐질 것 같으니 저는 오래도록 예쁘겠네요. 또 뵙겠습니다.

자기 체형에 대해 보다 잘 알게 되고 자기에게 어울리는 옷이 무엇인지 보다 잘 알게 됩니다. 그리고 체형이 문제가 아니고 알맞은 옷은 얼마든지 찾아낼 수 있다는 걸 깨달을 수 있는 정말 유익한 시간이었습니다. 플러스사이즈로 기성복 쇼핑하시느라 자존감이 깎이신 분들은 꼭 컨설팅 받아보시길 추천합니다.

정말 너무 좋았어요! 이렇게 예약하고 가는 곳은 처음이라 많이 긴장했는데 너무 친절히 설명해 주시고 옷 추천해 주셔서 정말 마음 편히 착장도 해보고 좋은 옷도 많이 볼 수 있었어요. 맘에 드는 옷도 정말 잔뜩 샀고요. 사장님 추천이 너무 좋았어요! 물어보는 제품들도 상세히 알려주시고 안내해 주셔서 좋았고요, 옷 입는 법이나 핏이 살게 착용하는 법 등 친절히 설명해 주셔서 너무 감사했네요. 행복한 쇼핑이었어요! 매장 안의 옷들 다 너무 예뻤고 질감도 너무 좋았어요~ 몸이 커서 어딜 가나 불편한 쇼핑을 했는데 처음으로 즐겁고 행복한 기분으로 쇼핑한 것 같아요! 정말 감사합니다~ 계절이 바뀌면 또 방문해 보려고 해요~

이런 후기들을 마주할 때마다 마음이 찡해진다. 예전에 어떤 분이 '망하면 안 돼요'라는 후기를 남겨주신 적이 있는데, 실제로 눈물이 핑 돌았다. '망하면 어쩌지' 싶은 순간도 있었지만 어찌저찌 버텨 이제는 어엿한 7년 차 사업자가 되었다. 강산이 변한다는 10년은 채울 수 있을까. 10년 사업을 하고 나면 강산이 정말 변해 있을까.

하나 분명한 명제가 있다면, 강산은 순식간에 변하는 게 아니라 하루하루를 차곡차곡 쌓아 올리며 변해간다는 것이다. 10년을 채운 내가, 그때의 66100이 어떤 모습일지 기대 반 두려움 반으로 오늘도 차곡차곡 출근길에 오른다.

우리는 각자의 전장에서
함께 승리를 거둔다

~~~~

악플 읽기. 미국 유명 토크쇼에 연예인들이 나와 자신을 언급하며 남긴 익명 트윗을 읽고 거기에 반응하는 모습을 방영해 큰 인기를 끌었던 기획이다. 우리나라의 한국일보에서도 똑같은 기획으로 악플 읽기 동영상을 찍었는데, 그 첫 번째 출연자가 바로 나였다. 악플에 의연히 대처하는 모습을 보며 카타르시스를 느끼는 사람들도 많았겠으나 정작 나 자신은 그 방송 후에 너무 큰 고통을 받았다. 영상은 페이스북에서 100만 뷰를 달성했으나, 그것은 그만큼 그 영상에 악플이 많이 달렸다는 뜻이기도 했다.

사람들은 영상에서 내가 대수롭지 않게 반응을 하니 악플이 진짜 아무것도 아니라고 생각하기도 했다. 그 영상에 달린 댓글들은 이제껏 내가 받아온 악플의 총 집합체였다. '분명 성인병이 있을 것이다', '비만은 만병의 근원이다' 같은 건강 염려 악플이 1, 2위를 다퉜고 뚱뚱한 주제에 정신 승리하지 말라는 악플이 그 뒤를 이었다. 그리고 차마 입에 담기 힘든 성추행성 악플이 뒤이어 주르륵 달렸다.

처음 포털 사이트 메인에 기사가 올라왔던 때는 악플의 양과 정도가 어마어마했다. 생전 전화를 하지 않는 아빠가 연락을 해와서는 댓글 따위는 신경 쓰지 말라고 말했을 정도였다. 악플은 그 후로 어떤 기사에도, SNS에도 나를 따라왔다.

한번은 길에서 어떤 남자가 쫓아와 전화번호를 묻기에 남편이 있다고 했는데, 아랑곳 않고 나를 몰래 따라와서는 다시금 전화번호를 물은 일이 있었다. 나는 남편이 있다고 하지 않았느냐고 목소리를 높였고, 그 남자는 거짓말을 하시는 줄 알았다며 궁색한 변명을 늘어놓았다. 내가 정색을 하며 가라고 말하고 나서야 그는 겨우 돌아서서 사라졌다. 나는 그 일을 SNS에 올리며 '#싫다면 싫은겁니다'라는 해시태그를 달았다. 그저 여성들이 일상에서 흔히 겪는 폭력적인 상황에 대해 이야기했을 뿐이라고 생각했다. 그러자 웬 익명 계정이 '너처럼 뚱뚱하고 못생긴 게 헌팅을 당했을 리 없고, 너처럼 뚱뚱하고 못생긴 게 남편이 있을 리도 없다. 그러니 너는 허언증 환자다'라는 악플을 달았다.

황당하고 어이가 없었는데 그 글에 동의하는 사람들이 점점 늘어나기 시작했다. 심지어 유명 커뮤니티 사이트의 '허언증 갤러리'란 곳에 내 글이 올라가기까지 했다. 참을 수 없었다. 결국 변호사를 선임해 고소를 진행했다. 지난하고 지루한 시간이 시작되었다. 변호사를 통해 대리를 맡겼으나 피해자 진술을 하려면 경찰서에 가서 피해 사실에 대해 이야기를 해야 했다. 가해자들은 교묘했고, 피해 사실은 축소돼 보이기 쉬웠다. 피해자 진술은 고통스러웠다. 담당 경찰관은 피해 사실들을 일일이 읽어주며 이것이 왜 나에게 고통을 줬는지 내가 직접 설명하게 했다. 나는 그 댓글들을 제삼자의 입으로 들으며 다시 한번 머릿속으로 악플을 곱씹어야 했다.

　피해를 입은 것은 나인데, 고통받아야 하는 것 역시 나였다. 나는 후회했다. 악플 읽기를 괜히 했다고 생각했다. 악플을 극복한 내가 아니라 도리어 악플을 단 사람들에게 마이크를 쥐어준 꼴이 된 게 화가 났다. 애초에 내가 댓글을 읽지 않는 초연한 인간이면 좋았겠다고 생각했다. 하지만 어쩌겠는가. 어쩌다 가뭄에 콩 나듯 있는 선플과 사연들 때문에라도 댓글 읽기를 멈추기 힘든 것을.

　거식증과 섭식장애 때문에 고생하고 있다고, 자기 몸을 긍정하는 데 도움을 줘서 고맙다고 응원의 말을 전하는 댓글이나 사이즈와 몸무게는 아름다움과 상관없다며 '파이팅!'을 외치는 댓글, 쇼룸에 와서는 너무 팬이라며, 늘 응원하고 있다고 두 손을 꼭 잡고 이야기하는 손님들이 있기에 활동을 멈추거나 쇼룸을 닫을 수 없었다. 악플로 고통받는 순간일지언정, 나만 믿고 있는 사람들을 실망시킬 수는 없었다.

　사람들은 내게 뭘 그리 바쁘게 많이 하느냐고 말한다. 하지만 그건 일부러 바쁘게 지내려고 한다기보다는 최소한의 활동을 유지하려는 발버둥에 가깝다.

　　상담 선생님이 "지양 씨는 어떤 일을 할 때 가장 행복하고 나다운 것 같나요?"라고 물은 적이 있었다. 나는 '강연을 하고 사람들을 만날 때'라고 대답했다. 하지만 강연이란 건 누군가가 나를 찾아줘야만 할 수 있는 일이기에, 내 의지로 지속하기는 힘들었다. 그때 '목요회'를 생각해 냈다. 내가 스스로 강연 기획자가 되어 사람들에게 전하고 싶은 이야기들을 풀어놓을 생각이었다.

　　목요회는 '목요일의 요긴한 모임'을 줄인 말로, 목요일에 진행되는 강연 겸 세미나였다. 거기서 우리는 극단적인 외모 지상주의 사회에 스며든 마음의 병, 섭식장애에 대해 이야기하고 비만 혐오와 자기혐오의 상관관계를 알아봤다. 비만은 질병이라는데 왜 우리 사회는 아픈 사람을 혐오하는지, 그리고 사회 속에 뿌리내린 비만 혐오를 조장하는 건 무엇인지 토론했다. 내가 플러스사이즈 모델인 만큼 옷에 관한 이야기도 빼놓을 수 없었다. 목요회에 참여한 분들이 비만 혐오에서 기인하는 자기혐오를 멈추고 스스로를 긍정하는 법을 배우길, 또 내게 어울리는 옷을 찾아 쇼핑이란 걸 좀 더 즐겁게 할 수 있게 되길 바랐다.

이렇게 많은 활동을 했다면 자신감을 가질 법도 한데, 최근 목요회를 부활시키며 66100에서 펴낸 책인 『몸과 옷』의 편집자 친구와 '몸마음 워크숍'이란 행사를 기획하고 진행하려다 모객이 충분히 되지 않아 폐강이 된 뒤로는 영 자신감이 없는 상태다.

하지만 나는 목요회 1강에서 받았던 성원을 잊을 수 없다. 초롱초롱한 눈으로 나를 보던 사람들의 시선과 교감의 시간은 대체 불가능한 소중한 경험이었다. 그것은 마치 연대의 힘과 같았다. 나와 사람들이 한곳을, 하나의 목표를 바라보고 있는, '나'와 '너'가 '우리'가 되는 경험이었다. 내가 혼자가 아니라는 생각을 할 수 있게 해준 소중하고 특별한 시간이었다.

누군가가 내게 상처를 내면 우리는 당연히 상처를 입는다. 특별한 방패막이가 있지 않은 한 어쩔 수 없다. 그런데 애석하게도 아픈 상처를 아프다고 여기지 말라거나, 약은 주지 못할망정 소금을 뿌리는 사람들이 존재한다. 악플은 당연하게도 상처가 된다. 못된 말들이 비수가 되어 나를 강타하는데, 이를 직접 겪어보지 못한 사람들은 악플을 가볍고 쉬운 문제로 치부해 버리곤 한다. 절대 쉽거나 가벼운 문제가 아닌데 말이다.

나의 첫 번째 기사에 달린 악플은 정말 무시무시할 정도였다. 눈물이 막 나려던 참에 아빠에게 전화가 걸려왔다. 기사를 보셨다면서, 댓글 같은 건 신경 쓰지 말고 힘내라며 응원을 전하셨다. 울어버렸는지 눈물이 쏙 들어갔는지 지금은 기억이 나지 않지만, 분명 긍정적인 힘을 얻었다.

목요회에서 얻은 연대의 힘도 동일한 효과를 냈다. 같은 문제에 탄식하고, 해결의 실마리를 찾아 여정을 함께하자 목요회에 모인 모두가 전장을 함께 누빈 전우라는 느낌을 받았다. 악플러들이 존재한다면 반대로 아군도 존재한다는 것을 알게 되었을 때의 안도감은 뭐라 말로 설명하기 힘들다. 이제는 기사가 올라가면 SNS에 선플을 부탁한다고 쓰기도 한다.

우리는 각자의 전장을 누빈다. 꼭 셀럽이거나 연예인이 아니더라도 우리는 각자의 삶에서 용사가 되어 싸워나간다. 전장에서는 빛나는 갑옷이나 무기도 분명 필요하지만 가장 절실한 것은 전우다.

함께한다는 것, 나와 발맞춰 앞으로 나아가는 사람이 있다는 것, 세상을 더 좋은 곳으로 만들고자 하는 사람들이 옆에 가득하다는 것. 그것만으로도 이미 전쟁에서 이긴 기분이 든다.

나의 몸을
뛰어넘으며

프로필 사진 갱신을 하지 않은 지 10년이 넘었다. 어떻게 그게 가능하냐고 묻는다면 '돈이 없어서'라고 대답할 수밖에 없다. 헤어, 메이크업 준비에 의상과 콘셉트 시안 준비까지, 뭐 하나 돈 없이 할 수 있는 것이 없었고 그렇게 10년이 넘는 시간이 흘렀다. 그 사이 몸은 차곡차곡 살을 적립해 와서 데뷔할 때보다 20kg이 늘어 있었다. 최고인 모습을 기록해야 한다는 강박에 프로필 촬영은 늘 다음으로 밀려났다. 어쩌면 나도 모르는 사이에 '살찐 나'는 기록할 가치가 없다고 느끼고 있었던 것은 아닐까.

바디 프로필이 흥하는 시대라고 해서 자랑할 만한, 즉 날씬하거나 근육질이거나 건강한 몸이 아니면 기록될 가치가 없는 것은 아닌데, 그렇기에 89명 여성들의 몸과 옷에 대한 인터뷰와 사진을 담아 『몸과 옷』을 집필했던 것인데 정작 나 자신은 스스로를 어떻게 느끼고 있었던 걸까.

나는 이 책을 쓰기 전 오래도록 생각에 잠겨 있었다. 원래는 '뛰어넘다'였던 가제를 붙들고 나는 무언가의 앞에서 이것을 뛰어넘어야 할지, 돌아가야 할지, 아니면 아예 뒷걸음질을 쳐야 할지 모른 채 서성여야만 했다. 괜찮을 만하면 바빠지는 일 때문이기도 했고, 몇 년간 앓았던 조울증 탓이기도 했고, 오랜 친구가 자살했기 때문이기도 했고, 삶에 불화가 스며들었기 때문이기도 했다. 그렇다고 약속한 글을 끝내고 싶지 않다거나 무르고 싶지는 않았다. 그저 어느 순간, 왜인지 모르겠으나 뛰어넘을 수 없는 깊고 큰 골짜기 앞에 서 있는 기분이었다.

그러다 정지음 작가를 만나고 돌아온 후부터 괜찮

은 이야기, 괜찮지 않았던 이야기, 괜찮고 싶었던 순간들, 그리고 그 중간 어딘가를 부유하던 날의 기억들을 조금씩 써 내려갔다. 지난 짧은 생애 동안 일어났던 '괜찮거나 괜찮지 않았던' 스펙트럼 사이의 기억들을 조금씩 꺼내어 먼지를 털고 닦아내 봤다. 그 사이를 종종거리며 지나다가 아무것도 건지지 못한 날이 오더라도 좌절하지 않고, "오늘은 그래도 괜찮았어" 하며 베개에 머리를 누이는 이야기를 쓸지라도 계속해서 써 내려갔다.

그리고 10년 만에 프로필 사진을 다시 찍었다. 내 몸을 직시할 용기를 내봤다. 자랑할 만한 몸이 아닌 있는 그대로의 나도 기록될 가치가 있는 몸이기에. 어쩌면 우리는 살이 찌고, 이중 턱이 생기고, 여드름이 나고, 튼살이 생기는 것이 부끄러운 일이라고 가르친 대중매체 탓에 자기 몸을 긍정하기도 전에 창피해하기에 급급하진 않았는가. 심지어 '보디 포지티브'를 외쳐온 나조차도 말이다.

팝스타 리조Lizzo는 마른 몸 일색인 주류 대중문화계에 흑인이자 플러스사이즈 여성으로서 새로운 지평을 열

었다. 그녀는 '자기 몸 긍정'은 생존을 위해 필수적인 것
이었다며, 스스로를 사랑하는 일을 뒤로 미루지 말기를
당부한다. 오로지 실력으로 지금의 자리에 오르기까지
그녀가 흘렸을 땀과 눈물을 감히 가늠할 수 없다. 나 역시
지금의 자리에 오기까지 했던 노력을 스스로 격하시키지
는 않았던가 생각해 보지 않을 수 없었다.

스스로에게 하는 칭찬에 박한 것이 한국 사람, 그중
에서도 한국 여성들이다. 아주 사소한 것조차 칭찬거리
가 되는 남성들에 비해 여성들은 정말이지 스스로에게
야박하기 그지없다. 외모도 수려해야 하며 뭐 한 가지라
도 뒤처져서는 안 되는 한국 사회에서 살아가는 것은, 특
히 여성으로 살아가는 것은 지치고 고단한 일임에 틀림
이 없다.

그럼에도 나를 격려할 수 있는 것은 결국 나 자신이
다. 그러니 스스로에게 격려를 아끼지 말라고 당부하고
싶다.

나를 있는 그대로 사랑하는 일은 1분 1초도 미뤄서는 안 되기에. 지금 당장 말해보자. "사랑한다, 나 자신, 오늘까지 살아 있느라 수고했어."

엉엉 우는 법을 잊은 나에게

초판 1쇄 인쇄 2023년 2월 3일
초판 1쇄 발행 2023년 2월 9일

지은이 김지양
펴낸이 김선식

경영총괄이사 김은영
콘텐츠사업본부장 임보윤
책임편집 문주연 **디자인** 윤유정 **책임마케터** 이고은
콘텐츠사업1팀장 한다혜 **콘텐츠사업1팀** 윤유정, 성기병, 문주연, 김세라
편집관리팀 조세현, 백설희 **저작권팀** 한승빈, 김재원, 이슬
마케팅본부장 권장규 **마케팅2팀** 이고은, 김지우
미디어홍보본부장 정명찬 **브랜드관리팀** 안지혜, 오수미 **뉴미디어팀** 김민정, 홍수경, 서가을
크리에이티브팀 임유나, 박지수, 김화정 **디자인파트** 김은지, 이소영 **유튜브파트** 송현석
재무관리팀 하미선, 윤이경, 김재경, 안혜선, 이보람
인사총무팀 강미숙, 김혜진, 지석배 **제작관리팀** 박상민, 최완규, 이지우, 김소영, 김진경, 양지환
물류관리팀 김형기, 김선진, 한유현, 민주홍, 전태환, 전태연, 양문현, 최창우
외부스태프 일러스트 junichi koka

펴낸곳 다산북스 **출판등록** 2005년 12월 23일 제313-2005-00277호
주소 경기도 파주시 회동길 490
전화 02-702-1724 **팩스** 02-703-2219 **이메일** dasanbooks@dasanbooks.com
홈페이지 www.dasan.group **블로그** blog.naver.com/dasan_books
종이 신승지류유통 **인쇄** 민언프린텍 **제본** 다온바인텍 **후가공** 제이오엘앤피

ISBN 979-11-306-9727-7 (03810)

다산북스(DASANBOOKS)는 독자 여러분의 책에 관한 아이디어와 원고 투고를 기쁜 마음으로 기다리고 있습니다.
책 출간을 원하는 아이디어가 있으신 분은 다산북스 홈페이지 '투고원고'란으로 간단한 개요와 취지, 연락처 등을 보내주세요.
머뭇거리지 말고 문을 두드리세요.